KB138615

Peaceful Passages

PEACEFUL PASSAGES: A hospice nurse's stories of dying well
By Janet Wehr
Copyright ⓒ 2015 by Janet Wehr

All rights reserved.
This book is published by arrangement with the Theosophical Publishing House,
306 West Geneva Road, Wheaton, IL, 60187, U.S.A. No part of this work may be
reproduced without written permission from the Theosophical
Korean translation copyright ⓒ 2017 by Person & Idea Publishing.

이 책의 한국어판 저작권은 PubHub 에이전시를 통한 저작권자와의 독점 계약으로 도서출판
인물과사상사에 있습니다. 저작권법에 의해 한국 내에서 보호를 받는 저작물이므로 무단 전재와
무단 복제를 금합니다.

세상과
이별하기 전에 하는
마지막 말들

Peaceful
Passages

평화로운
죽음을 위한
작별 인사

재닛 웨어 지음 · 유자화 옮김

인물과
사상사

우리가 뒤에 남기는 사람들의 가슴속에 사는 것은 죽은 것이 아니다.

—조지프 캠벨

삶과 죽음을
만나는 시간

사람들은 내게 간호 어느 분야에서 일하는지 묻고 난 후 이렇게 반문한다. "아니, 왜 호스피스를 선택했어요?" 가족, 친구, 처음 만나는 사람들은 물론이고 의료계 다른 분야에서 일하는 간호사와 의사도 마찬가지 반응을 보인다. 죽음은 실패로 여겨지고, 대부분의 의료 영역에서 중점으로 삼고 있는 것은 생명을 구하는 일이기 때문일 것이다. 역사적으로 보아도, 의학적 성공 가능성이 없는 영역에 헌신하기로 한 사람들에 대해서는 별 이해가 없다.

나 역시도 처음에는 병을 고치고 생명을 구하고 치유하는 간호 분야에서 일했고, 거기서 방향을 바꾸기까지는 정말이지 획기적인 사고의 전환이 필요했다. 우리가 호스피스 완화 의료에서 하는 일 하나하나에 큰 의미가 있다는 사실을 나 스스로 알아내야 했다. 이 일이 더는 치료 선택권을 갖지 못한 사람들을 위한 것이라는 사실만 제외하고 말이다.

내가 자주 받는 질문에는 다른 것들도 있다. "항상 슬프지 않나요?", "무섭지 않나요?", "우는 일이 많지 않나요?"와 같은 것들이다. 호스피스에서 일하는 우리는 이렇게 대답한다. "아니요, 언제나 슬프기만 한 것은 아니에요", "아니요, 무섭지 않아요", "예, 많이 웁니다." 그렇지만 그 눈물은 안도감, 기쁨, 만족감에서 나온 것이기도 하다. 환자들이 마지막 몇 주, 며칠, 몇 시간을 충만하고 편안하게 보낼 수 있게 도왔고 환자의 가족도 같은 목표를 갖고 긍정적인 방식으로 환자를 보살필 수 있게 도왔다는 흡족함에서 나온 것이다.

호스피스 간호사는 임종 증상을 관리하고 위로의 말을 건네고 환자를 교육할 수 있게 훈련을 받는다. 그뿐만 아니라 환자가 임종 과정을 편안하게 받아들이고 겪어낼 수 있게 도와준다. 이 일을 직접 혹은 처음으로 겪는 환자와 가족을 생각한다면 그 가치를 따질 수 없을 만큼 중요하다. 어떤 면에서, 죽음의 고통을 치르는 사람을 돕는 호스피스는 산고產故를 돕는 조산사와도 비슷하다. 우리는 환자와 가족의 편에 서서 일한다. 그들이 겪는 과정이나 경험을 방해하지 않으면서 가르치고 지지하며 인도한다.

처음 호스피스 간호사로 일하기 시작했을 때는 내가 과연 이 일을 해낼 수 있을까 하는 의문도 문득문득 들었다. 회의감에 빠지기도 했다. 무엇이 내게 세상에 태어난 이후 삶에서 가장 중요한 일인 임종을 잘 치러낼 수 있게 도울 자격을 주었는가?

메리 케이라는 환자를 간호하게 되었을 때도 나는 이런 질문들과 씨름하고 있었다. 그녀는 나와 같은 나이였고, 자녀도 나와 마찬가지로 20대 초반의 자녀 세 명을 두고 있었다. 그녀의 삶과 내 삶이 너무 똑같아 그녀를 돌보면서 내가 거울을 들여다보고 있는 것 같은 기분이 들기도 했다. 그녀가 호스피스 돌봄을 받는 동안 주요 간병자는 그녀의 자녀들이었다.

어느 날 내가 그녀의 집으로 들어가기 위해 차에서 내리는데, 그녀의 이웃이 자동차 진입로를 나오고 있었다. 그녀가 내 차 옆에 차를 세우고 창문을 내리면서 물었다.

"혹시, 재닛인가요?"

내가 고개를 끄덕이는데 그녀가 굵은 눈물방울을 떨구었다. 그리고 메리 케이의 집을 가리키며 말했다.

"이 사람들에게 당신이 얼마나 큰 힘이 되고 있는지 아세요? 식구들이 매일 창문을 내다보고 현관에 서서 당신을 기다려요. 당신의 지지와 능력에 크게 의지하고 있어요. 우리는 너무 겁이 나서 할 수 없는 일을 당신이 대신 해주고 있거든요. 고맙습니다."

그렇다. 내가 씨름해온 문제에 대한 정답은 있었다. 우리는 할 수 있기 때문에, 소명을 받았으므로, 우리가 중요한 일을 하는 것이므로 호스피스 돌봄을 선택했다.

호스피스 팀 구성원들은 오직 무대 뒤에 있는 사람이다. 실제로 임종 과정에서 제공되어야 할 돌봄의 가장 중요한 부분을 담당하는 것은 환자의 가족과 간병자이고 우리는 그들을 가르치고 지지할 뿐이기 때문이다. 나는 환자가 죽음을 향해 가는 동안 환자의 가족이 사랑과 연민으로 그 곁에서 그를 살뜰히 보살피는 것을 자주 지켜보았다. 음식을 먹이고, 고통을 덜어주며, 얼룩 하나 없이 깨끗하고 편안하게 보살피는 것을 보았다. 죽음을 향해가는 사랑하는 이의 마음과 몸과 영혼을 위로해주는 것을 보았다.

나는 환자의 가족이 사랑하는 사람의 마음을 달래주기 위해 그들이 좋아하는 물건을 손에 쥐어주고 이불 속에 넣어주는 것을 보았다. 불편하더라도 사랑하는 사람에게 신체적 친밀감을 느끼게 해주기 위해 환자의 침대 속에 들어가 눕는 것도 보았다. 환자에게 이제는 가도 좋다고 허락해주는 말을 애정을 담아 하는 것도 보았다. 그 말을 뱉는 순간 이미 그리운 마음이 들어 그 말이 진심인지 의심이 들지만, 용기 있게 자신은 괜찮다고 말했다. 호스피스에서 일하는 우리는 조력자일 뿐이며 환자의 남편과 아내, 자녀, 손자와 손녀, 친구가 호스피스의 모든 것이다.

호스피스 간호는 매우 다각적인 영역이다. 호스피스에서 일하는 사람들은 환자 가정의 매우 내밀한 환경 속으로 들어간다. 그들의 문화와 영적 배경을 이해해야 한다. 때로는 그들의 의식에 참여하도록 초대받기도 한다. 자녀가 어머니에게 날마다 레이키reiki, 靈氣 치료를 하는 것이나 아버지에게 성수聖水로 축복을 올리는 장면, 자매를 위해 힌두어 기도송을 암송하는 것이나 아버지를 위해 이디시어로 기도하는 것을 지켜볼 기회도 있다. 이 모든 것은 내게 국적을 초월한 배움의 기회를 주었다. 이렇게 매우 사적인 방식이 아니었다면, 결코 배우지 못했을 것이다.

우리가 그들과 날마다 소통하고 있다고 해도 불치병으로 임종을 앞두고 있는 환자에 대해 속속들이 알지는 못한다. 이들의 여정은 저마다의 방식으로 홀로 가는 길이고, 그들 개인에게 무슨 일이 일어나고 있는지 우리는 진정 잘 알지 못한다. 그렇지만 가끔씩 우리에게도 임종 환자가 경험하는 아름다움과 영광을 엿볼 수 있는 기회가 생긴다.

앨런이 세상을 떠날 때 내게 물었다. "이 방에 둘러선 저 천사들이 보이나요?" 방 안에 천사들이 몇이나 있는지 큰소리로 세면서 그가 덧붙였다. "지금 여기에 둘, 열, 열아홉 명의 천사들이 있어요!"

라이언은 내게 말했다. "우리 형님이 5년 전에 세상을 떠났기 때문에 제가 미쳤다고 생각될지도 모르지만, 형님이 어젯밤에 여기 와서 제게 말을 했어요. 이제 제가 갈 시간이 다 되었다고요."

제임스는 지금은 모두 저 세상 사람들이 된 부모님과 형제들을 꿈에서 생생하게 보았다고 말했다. 모두 테이블에 둘러앉아 포커 게임을 하고 있었다. 그 꿈으로 인해 그는 유머 감각이 되살아났고, 가족에 대한 그리움이 더욱더 커졌다. 그리고 그 꿈이 그의 마지막 나날에 커다란 평화를 주었다.

에바는 40년 전에 경험했던 근사近死 체험을 이야기해주었다.

그녀는 그때의 경험이 너무나 장엄해서 살아생전에는 그 무엇과도 비교할 수 없다고 했다. 그녀는 이미 자신이 죽는 순간을 보았으므로 자신을 기다리고 있는 것이 무엇인지 안다는 확신으로 평화롭고 자연스럽게 죽음의 순간을 맞았다.

이런 경험을 통해 호스피스는 겸허하고 성스러우며 소중한 기억을 마음에 남긴다. 환자가 고통이나 불안 없이 가능한 한 많은 사랑과 연민 속에 삶에서 죽음으로 이행했음을 아는 것은 모든 호스피스가 받는 보상이다.

나는 환자들이 호스피스에 머무는 동안 겪게 되는 강렬한 정서적 경험이 그들로 하여금 처음 만나는 사람과도 친구가 되고, 사적이고 내밀한 관계를 형성하게 한다는 것을 알게 되었다. 그래서 내가 호스피스 간호사가 되어 처음으로 돌본 환자와 그녀의 죽음을 통해 나는 환자를 돌보거나 그 이후에 갖게 되는 정서적 교감을 어떻게 풀어낼지 그 방법을 찾아야 한다고 느꼈다. 그 후 나는 계속해서 많은 장례식과 추도식에 참석해왔고, 환자가 세상을 떠난 후에도 그 가족과 연락을 주고 받았다. 나는 이런 지속적인 만남을 내가 하는 일에서 꼭 필요하고 의미 있는 것으로 여긴다.

그 첫 호스피스 환자는 내 마음에 깊게 새겨졌고, 호스피스 돌봄이 내가 걸어야 할 길임을 깨닫게 해주었다. 내 삶과 간호 경력에 강력한 영향력을 남긴 환자를 기억하고 기념하기 위한 방법으로 나는 글을 쓰기 시작했다. 거기에 내가 돌본 모든 환자의 이름과 세상을 떠난 날짜를 기록했다. 페이지마다 새로운 이름과 기억이 더해지면서 그 글은 해가 갈수록 길어졌다. 조용한 시간에 그 글을 읽으면 내 삶을 스쳐간 환자들이 시나브로 떠올랐다. 세상을 떠나는 순간까지 그들을 돌보는 영광을 내게 허락해준 사람들에게서 선물을 받은 사람은 바로 나였다.

그 글을 처음 쓰기 시작했을 때는 '천국으로 가는 길Gone to Heaven'이라는 제목이었으나, 사연들이 엮이면서 '평화로운 죽음Peaceful Passages'(이 책의 원제)으로 진화했다. 나는 이 책을 읽는 독자들이 호스피스와 임종 과정에 대한 새로운 이해를 얻길 바란다. 내게 호스피스 '기술'을 가르쳐준 특별한 사람들의 마지막을 단순히 엿보는 것에 그치지 않고, 이생을 떠나 다른 삶으로 들어가는 데 따르는 그 장엄한 아름다움을 함께 느끼길 바란다.

이 책에 있는 모든 이야기는 실제 인물들의 이야기이며, 기록된 모든 사건은 내가 호스피스 간호사로 일하면서 겪은 실제 경험이다. 이것이 전형적인 호스피스 경험인지, 아니면 내가 기적적인 이야기만 모은 것인지 궁금한 독자들도 있을 것이다. 이런 종류의 이야기가 모든 죽음에서 일어나는 일은 아니더라도, 그런 일을 깨달을 수 있도록 마음을 열고 주의를 기울이면 얼마든지 가능하다.

나는 모든 죽음이 모든 탄생만큼 기적적인 것이라고 믿는다. 우리 사회가 죽음을 그런 식으로 보도록 허용하거나 말거나 간에 말이다. 기적적인 일로 보이거나 평범한 일로 보이거나, 우리는 일어나는 모든 일에서 기적을 찾을 필요가 있다. 알베르트 아인슈타인은 이렇게 말했다. "삶을 살아가는 방식에는 두 가지가 있다. 하나는 아무것도 기적이 아닌 것처럼 사는 것이고, 하나는 모든 것이 기적인 것처럼 사는 것이다."

내가 이 이야기를 하기로 마음먹게 된 것은 사람들이 임종 경험을 함께 해보았으면 하는 바람 때문이다. 죽음으로 가는 여정에 있는 사람에게 그 경험이 무엇이 '될 수' 있을지 알고 받아들이게 하기 위해서다. 사랑하는 사람이 죽음에 이르게 되었을 때, 열린 마음과 가슴으로 받아들이고 그를 보내주는 게 모두를 위한 일이다. 이 이야기가 죽음에 대해 이해할 수 있는 기회가 되고 그 영광을 함께 지켜볼 수 있는 계기가 되었으면 하는 바람이다. 독자들이 원한다면, 내가 천국이라고 부른 곳을 '사후 세계'나 '내세', 아니면 독자의 신앙이 죽음 이후의 삶을 표현하는 어떤 다른 이름으로도 바꾸어 불러도 좋다.

차
례

제4장 천국의 문을 두드려라

제5장 죽음 앞에서 웃음을 잃지 않는 법

제1장

죽음을 어떻게 살 것인가?

모든 변화에는 심지어 가장 갈망하던 변화에도 우울감이 따른다.

우리가 뒤에 남기는 것은 바로 우리 자신의 일부이기 때문이다.

그러나 우리는 한 삶에서 죽어야만 다른 삶으로 들어갈 수 있다.

― 아나톨 프랑스Anatole France, 1844~1924 (프랑스 소설가)

죽음은 그 자체가 하나의 과정이다. 그 원인이 있고 너무 길거나 짧은 과정이다. 받아들이기 힘들 수도 기꺼이 받아들여지기도 하는 과정이다. 격한 감정일 수도 편안할 수도 있는 과정이다. 그 시간이 왔을 때 우리는 제 각각의 개인적이고 특정한 신체적·정서적·영적 반응을 보일 것이다. 우리 자신과 우리가 아끼는 사람의 죽음을 가장 잘 준비할 수 있는 방법은 그것을 회피하려고 애쓰지 않는 것이다. 죽음을 삶의 자연스러운 일부로 포용하는 것이 차라리 낫다. 환자들은 내게 이런 말을 한다. "나도 당신 책을 읽고 싶지만 내가 떠나기 전에 다 읽을 시간이 될지 모르겠네요", "손자에게 편자를 한 통만 더 쓰고 나면 나는 죽을 준비가 다 될 거예요", "내 시간이 다 되기 전에 우리 플로리다에 한 번만 더 다녀오는 것이 어때요?" 자신의 죽음을 별일 아닌 듯 아무렇지도 않게 말하는 것을 들으면 놀랍고, 조금은 경외심이 들기도 한다. 삶을 살아가는 동안 죽음에 대해 생각하고 말하라. 그것에 익숙해지게 하라. 죽음에 대해 읽어라. 놀랍게도 죽음을 부정하던 마음이 사라지거나 적어도 전보다는 죽음을 긍정하는 자신의 모습을 발견하게 될 것이다.

"임종이
임박했습니다"

　　전화벨이 울린 시간은 새벽 2시 15분이
었다. 한 달 전에 호스피스 간호사가 된 후로 처음 받은 당직
호출이었다. 나는 화재 경보를 들은 소방관이 후다닥 부츠를
신고 출동용 폴fire pole을 타고 미끄러져 내려가듯 움직였다.
허겁지겁 옷을 꿰어 입고 흐트러진 머리는 대충 빗어 넘겼다.
담당 간호사가 전화로 알려준 환자 이름과 주소, 메시지를 살
폈다. '매들린의 임종이 임박했습니다. 가족이 급하게 기다리
고 있습니다.' 가는 도중에 그동안 배운, 도착하면 해야 할 일

들을 하나하나 짚어보았다. 무슨 말을 해야 할지는 내 마음이 알려줄 것이다.

심호흡을 한 번 한 후에 아담한 아파트 현관문을 두드렸다. 매들린의 손녀인 크리스틴이 문을 열어주었다. 얼굴에는 울었던 흔적이 역력했다. 크리스틴의 남편 잭도 함께 있었다. 잠시 그들에게 위로의 말을 전한 다음 침실로 들어갔다. 매들린은 분홍색 이불을 덮고 병원침대(의료용 침대로 환자에게는 안락함을, 병원 종사자에게는 업무의 편의를 제공해준다)에 누워 있었다. 너무 늙고 허약해서 사람 몸이 한 줌으로 쪼그라든 형상이었고, 다시 자궁으로 들어가기라도 하려는 듯 무릎은 가슴팍까지 올려붙인 채였다.

손톱과 발톱은 창백하다 못해 조개껍질 안쪽처럼 파리했다. 약해질 대로 약해진 심장이 아기처럼 줄어든 몸조차도 더는 지탱하기 어려운 모양이었다. 그르렁거리는 거친 숨소리와 함께 중간중간에 호흡이 끊어지는 것으로 보아 '임종 호흡'이었다. 나는 매들린에게 시간이 얼마 남지 않았음을 직감했다.

크리스틴, 잭과 함께 매들린이 겪게 될 생리 변화, 즉 임종 증상에 대해 조심스럽게 이야기를 나누었다. 그들은 내 말에 귀를 기울였고 몸이 생명을 놓아가는 정상적인 과정을 알고는 안도했다. 크리스틴의 말에 따르면, 이틀 전에 매들린은 이제는 늙었고 힘에 부치니 쉬고 싶다고, 풍요로운 삶을 살았으니 이제는 되었다고 말했다. 말은 차분하고 평화로웠으며 목소리에는 완전한 만족감과 확신이 배어 있었다.

그때 느닷없이 어떤 남자가 문을 박차고 들어왔다. 화가 나 있었고 이 상황의 책임자는 자신이라는 태도가 역력했다. 크리스틴의 오빠 로버트였다. 그는 우리 병원의 저명한 외과 의사이기도 했다. 로버트는 거칠게 우리를 지나 임종이 임박한 매들린이 누워 있는 방으로 들어갔다. 재빨리 매들린을 살피더니 전화기가 있는 곳으로 달려갔다. 구급차를 부른 그는 내게로 몸을 돌려 거칠게 소리쳤다.

"당신, 도대체 뭐하고 있는 거요? 우리 할머니가 돌아가시게 생겼잖아요. 응급조치가 필요하다고요, 지금 당장!"

대체로 침착하게 상황을 잘 무마하는 성격인 나는 왜 지금

이 상황이 응급 상황이 아닌지를 조용히 설명했다.

"당신 할머니 연세는 아흔아홉 살이고 주치의가 이미 가족에게 노화로 인한 병약한 상태에는 치료 방법이 없다고 설명했습니다. 지금 할머니는 보지도 듣지도 못하고 무엇을 삼키지도 못합니다. 아마도 이 세상에 더 머물고 싶은 생각이 없으실지도 모릅니다."

로버트는 나를 쏘아보더니 조바심이 난다는 듯 발을 동동 구르면서 구급차가 도착하기만 기다렸다. 드디어 구급차가 도착하자 급히 현관문을 열어준 그는 권위적이고 큰 목소리로 자신이 '의사'라고 밝혔다. 대원들이 재빠르게 매들린을 들고 나가 구급차에 태웠다. 크리스틴과 잭과 나는 입을 다물지 못한 채 그 상황을 바라보고만 있었다.

방금 무슨 일이 일어난 거지? 호스피스 간호사로 일하기 위해 받은 훈련 중에는 이런 상황에 대처할 수 있는 묘책이 없었다. 그저 안타까움에 매들린이 구급차나 응급실에서 낯선 사람들에게 둘러싸인 채 임종을 맞는 일이 없기만 기도했다. 응급실에서 매들린에게 기도 삽관揷管(기도 확보를 위해 기관 내에 관을 삽입하는 시술)을 하거나 심폐소생술을 하지 않기만을 바랐다. 매들린을 자기 침대나 자기 집에서 떠나게 하는 것, 자기를 사랑하고 그만 떠나고자 하는 자기 마음을 이해하는 사람들이 지켜보는 가운데 떠나기를 바랐다. 내 바람은 크리스틴과 잭의 바람이기도 했다. 나는 매들린을 실망시켰다고 느끼면서 구급 가방을 챙겨들고 집을 나올 수밖에 없었다.

다음 날 다시 연락을 받고 매들린의 집에 가서, 이미 알고 있는 일이긴 했지만, 크리스틴의 이야기를 들었다. 어젯밤 매들린을 본 응급실 의사는 '의사'에게 당신 할머니는 아픈 것이 아니라 임종을 맞고 있으니 집으로 다시 돌아가는 것이 좋겠다고 말했다. 매들린은 포근한 자신의 이불 속으로 다시 돌아올 때까지 버텨냈고, 자기 방에서 조용히 이 세상을 떠났다.

누군가가
세상을 떠났다

      새벽 2시, 무선 호출기가 울린다. 나는 꾸던 꿈과 부드러운 침대에서 억지로 불려나왔다. 어젯밤에 호출이 올 경우에 대비해 미리 챙겨둔 옷을 재빨리 입었다. 머리도 대충 매만졌다. 누군가 세상을 떠난 것이다. 어둠을 뚫고 집을 나서면서 호스피스 환자 기록지에 있는 약도를 살폈다. 낮에 여러 번 가본 집이라고 해도 이 새벽에 길을 잃고 싶지는 않았다.

    환자 집 앞에서 차를 세웠다. 집 안에서 나를 몹시 애타게 기다리고 있을지 모를 환자와 그 가족을 위해 잠시 마음을 다잡고 정신을 가다듬었다. 눈물로 얼룩진 얼굴을 한 남자가 문 앞에서 말없이 나를 맞아주었다. 그가 나를 뒤쪽 침실로 안내하고는 우는 모습을 보이고 싶지 않은 듯 한쪽 구석으로 사라졌다.

병원침대에 숨을 거둔 사람이 있었다. 작고 보기 좋은 모습의 할머니다. 심박동도 호흡도 없었다. 동공은 고정되었고 눈은 절반만 감겨 있었다. 나는 그녀가 어떤 사람이었고 살아 있는 동안 무엇을 했으며 누구를 사랑했고 누가 그녀를 사랑했는지 궁금했다. 환자의 딸이라고 자신을 소개한 젊은 여자에게 어머니는 임종했다고 말했다. 문가에 서 있던 10대 소녀 둘이 울음을 터트렸다. 그 말을 들을 줄은 알았으나 막상 듣고 보니 울음을 참을 수 없었을 것이다.

산소통을 잠그고 환자의 코에서 산소 튜브를 벗겼다. 고인의 명복을 빌어주고 가족에게 고인과 작별의 시간을 충분히 가지라고 말했다. 검시관, 의사, 장의사에게 전화를 해야 한다고 알리고 그들이 비통해할 시간을 갖도록 잠시 그 자리를 떠났다. 의사에게 전화를 걸어 환자가 숨을 거두었다고 보고했다. 환자를 오랫동안 돌보았던 주치의가 고인의 명복을 빌어달라고 부탁할 때 그의 목소리에서 슬픔이 느껴졌다.

검시관과 장의사에게도 전화를 걸었다. 그들과는 오래 알고 지내 이제는 성을 붙이지 않고 이름만 부르는 사이가 되었다. 그들 또한 나와 마찬가지로 이른 새벽 시간에도 일을 한다. 나는 그들에게 공식적인 사망 시간은 새벽 2시 30분이라고 말했다.

장의사가 도착해 시신을 옮기기 전에 고인의 몸을 닦아주고 고인에게 옷을 입혔다. 딸이 필요한 물건들을 가져오기 위해 나갔다. 그녀는 어머니를 위해 애정을 담은 마지막 일을 할 수 있는 것에 위안을 받았다. 가족들이 옆방에서 기다리는 동안 존중하는 마음으로 고인의 몸을 부드럽게 닦았다. 오래 앓은 환자는 몸이 가죽만 남았다. 흉부와 복부에는 여전히 푸른색 잉크로 된 표시가 있었다. 방사선 치료사가 방사선 치료를 위해 표시한 것이었다. 나는 딸이 가져온 깨끗한 속옷과 부드러운 푸른색 스웨터와 검은색 벨루어 바지와 편안한 양말을

입혔다. 환자의 머리를 빗기고 사람들이 작별 인사를 할 때 좋은 향기가 나도록 얼굴에 로션을 발라주었다.

자동차 진입로로 흰색 밴이 들어왔다. 장의사가 도착한 것이다. 나는 가족에게 작별 인사를 하도록 하고 시신을 옮기는 동안 다른 방에서 기다리는 것이 더 쉬울 것이라고 설명했다. 하지만 그들은 환자와 함께 머무르겠다고 말했다. 장의사를 도와 시신을 이동침대로 옮기고 환자의 머리까지 시신백의 지퍼를 잠그는 것을 지켜보았다. 마지막을 의미하는 이 일은 언제나 내 마음을 힘들게 한다. 이런 광경을 수백 번 지켜보았어도 말이다.

여기저기 널린 의료용품들을 정리해 가방에 담고 침대에서 침구를 벗겨낸 다음 방을 정리했다. 남은 약을 처리하기 위해 들고 다니는 약품 수거통에 환자가 복용하던 약들을 넣었다. 그러고 나서 불을 끄고 방문을 닫았다. 가족은 어려운 시간에 도와주고 안내를 해준 것에 대해 내게 감사해했다. 그들은 나를 절대로 잊지 못할 것이라고 말했다. 나는 앞으로도 이 일을 무수히 반복할 테지만, 가족이 알건 모르건, 그들과 그들이 사랑하는 사람은 내 마음에 영원히 새겨져 있을 것이다. 내 시계는 새벽 4시를 가리키고 있었다. 환자의 집을 나와 차 안으로 들어가 시동을 걸었다. 또 무선 호출기가 울린다. 누군가가 세상을 떠났다.

편안한
임종을 위해

집에서 아픈 가족을 돌보는 사람들 중에는 질병 말기 환자에게 사용하는 진통제가 죽음을 재촉한다고 믿는 사람이 많다. 그렇게 믿는 것은 병세가 위중한 환자가 이런 약을 사용하는 동안 죽음을 맞이하는 경우가 많기 때문이다. 그러나 죽음에 이르게 하는 진짜 이유는 죽음의 과정 그 자체이지 질병 말기를 편안하게 보낼 수 있게 해주는 약이 아니다. 모르핀도 이런 약물 가운데 하나지만, 병원이나 다른 임상 환경과 가정에서 죽음에 대한 우려 없이 많이 쓰인다. 호스피스 간호에도 모르핀이 많이 쓰이고 있지만, 죽음에 이르게 하는 것은 질병이지 진통제가 아니다.

내가 몇 년 전에 돌보았던 아다는 종교적 믿음으로 인해 몸이 아파도 의학적인 도움을 받지 않고 약도 거부한 환자였다. 아다의 남편 찰리가 호스피스 간호를 요청해 와 먼저 그를 만났다. 내 소개를 하자마자 그는 절망으로 몸을 웅크리며 아내 이야기를 했다. 예순세 살인 아다는 유방암 말기 환자였다. 그런데 신앙으로 인해 의사에게 진료를 받아보거나 건강검진을 한 번도 받아본 적이 없다고 했다. 물론 통증을 완화할 진통제도 투여 받지 못했다. 몇 개월 전부터 그녀는 2층 침실에 갇혀 지냈고 찰리 외에는 그 누구도 만나지 않았다. 자라나는 암 덩어리가 왼쪽 가슴을 집어 삼켰고 역겨운 냄새가 났기 때문이다.

아다는 자녀들에게마저 자신의 모습을 보여주지 않았다. 그런 꼴을 보이기가 부끄럽고, 남들에게 피해를 주고 싶지도 않았던 것이다. 나와 이야기를 하면서 찰리는 눈물을 쏟았다. 이것만으로도 상황은 이미 끔찍했지만, 아내가 극심한 통증에 시달렸으므로 찰리는 더는 아내의 고통을 보고만 있을 수 없었다. 그는 눈물을 가득 머금은 채 단호하게 자신과 아내를 위해 교회에서 한 서약을 깰 준비가 되었다고, 아내의 통증을 줄일 수 있게 진통제를 쓰길 원한다고 말했다. 나는 찰리에게 아다가 스스로 결정을 내릴 수 있을 만큼 정신이 온전하다면 그 결정은 아다 자신이 내려야 한다고 말했다.

아다가 몸을 숨기고 있는 2층 침실로 올라갔다. 나는 그녀의 몰골을 보자 마음이 무척 아팠다. 정신이 아득해진 것은 냄새 때문이 아니었다. 의자에 앉아 팔꿈치로 상체를 받친 채 작은 테이블 위로 몸을 구부리고 있는 아다의 모습이었다. 그것이 극심한 통증을 버텨낼 수 있는 유일한 자세라고 했다. 아내의 방까지 나를 따라온 찰리는 밤이면 테이블 위에 베개를 놓아 머리를 뉠 수 있게 해준다고 말했다. 벌써 몇 주 동안이나 누워보지도 의자에 등을 대고 앉아보지도 못했다는 것이다. 모든 순간이, 숨을 쉴 때마다, 잠을 자려는 모든 시도가 견디기 어려운 통증을 일으켰기 때문이다.

나는 아다를 도울 수 있는 방법을 이야기하기 시작했다. 병원침대가 있으면 편안하게 자세를 조절할 수 있다고 하자 아다가 나를 멍하니 바라보았다. 암 덩어리에서 나는 냄새를 없앨 수 있게 드레싱을 할 수 있다고 하자 그녀가 관심을 갖고 나를 바라보았다. 아다가 편히 쉬지 못하면 나도 편히 쉴 수 없다고 말하자 그녀가 흐느끼기 시작했다.

"제가 원하는 건 편안한 침대에 누워보는 것이에요. 제가 원하는 건 아프지 않고 숨을 쉬는 것이에요. 제가 원하는 건 잠을 좀 자보는 것이에요."

찰리가 아내에게 다가와 조용한 목소리로 진통제를 쓰겠다는 자신의 결심을 말했다. 그가 부드럽게 물었다.

"당신도 과학을 믿지 않는 것은 아니지, 안 그래? 신은 우리에게 과학을 주셨어. 그리고 과학이 이런 것들을 이용할 수 있게 해주었지. 신이 우리에게 제공한 것을 우리가 이용하지 않는다면 그것이 오히려 배은망덕한 일일지도 몰라."

아다는 오래 생각할 필요도 없었다. 찰리에게 말없이 고개를 끄덕이고는 내게 속삭였다.

"저를 편안하게 해준다면 무엇이든 하겠어요."

나는 조용히 기도했다.

"하나님, 감사합니다. 감사합니다, 찰리."

임종을 앞두고 통증이나 불안이 있으면 환자가 떠나지 못하고 더 오래 머뭇거린다는 것은 호스피스 간호사들 사이에 잘 알려진 사실이다. 신체적 통증에 사로잡혀 있으면 모든 것을 놓아버릴 수 있을 만큼 이완이 이루어지지 않고 예정된 죽음도 받아들이지 못한다. 그러나 통증을 가라앉히고 신체를 이완시키고 나면 마음이 영적인 것과 교류할 수 있는 고요한 곳으로 들어갈 수 있다. 신체가 한숨을 돌리고 '이제 되었어요. 나를 데려가세요'라고 말하는 것과도 같다.

두 시간 후 아다의 방에 가장 부드럽고 안락한 매트리스를 놓은 병원침대가 설치되었다. 통증과 불안, 다른 임종 증상을 완화할 약도 옆에 놓고 심한 냄새를 없애주기 위해 왼쪽 가슴을 소독하고 드레싱을 했다. 아다에게 새 침대로 옮기기 전에 진통제를 원하는지 묻고 진통제를 주었다. 15분이 지나자 약의 효과가 나타나 아다의 긴장이 누그러졌다. 찰리와 나는 아다의 작은 몸을 오랫동안 앉아 있던 의자에서 조심스럽게 들어올려 침대에 부드럽게 뉘어주었다.

　우리는 아다를 포근한 노란색 면 이불로 덮어주고는 뒤로 물러섰다. 아다는 몇 주 만에 처음으로 아픈 몸을 뉘고 쉴 수 있었다. 그녀는 부드러운 침대에 몸을 뉘이자 한숨을 내쉬었다. 눈은 감겼지만 얼굴에는 천국 같은 달콤한 미소가 번졌다. 거의 들리지 않는 목소리로 "이제는 되었어요"라고 말했다. 편안해진 아다는 밤새 말을 하거나 몸을 뒤척이지 않았고 다음 날 해가 뜨기 전에 숨을 거두었다. 자신에게 필요한 평화로운 곳을 찾았으므로 영혼이 몸을 뒤로 하고 하늘로 올라갈 수 있었던 것이다.

"가고 있어요, 아버지"

        호스피스에서 일하는 사람들은 임종 과정에서 마지막으로 닫히는 감각이 청각이라는 사실을 잘 안다. 환자가 죽기 직전까지 들을 수 있다는 근거도 점점 더 많아지고 있다. 환자가 들리는 소리에 반응할 기력이 없거나 원래 하던 식으로 대화할 수 있을 만큼 의식이 또렷하지는 않더라도 옆에 있는 사람이나 일상생활의 다른 사소한 일들을 인지하는 경우는 많다. 따라서 우리는 환자의 가족과 친구들에게 환자가 반응이 없거나 심지어는 혼수상태에 있더라도 말을 걸고 마음에 두고 있는 말을 나누라고 말한다.

죽음을 앞둔 환자가 잠을 자는 것처럼 보이더라도 실제로는 그들이 이 세상을 떠나기 전에 해야 할 일을 처리하는 중인지도 모른다. 며칠 동안이나 언어적인 반응이 없었거나 의식이 없던 환자가 갑자기 옆에서 주고받는 대화에 한마디 거드는 일이 특이한 일은 아니다. 잠깐이지만 깨어나서 말을 하고 질문을 하거나 아니면 다른 방식으로 의미 있는 교감을 나누는 일도 있다. 우리는 가족에게 오늘이 며칠이고 무슨 요일인지, 언제 다시 방문할 것인지와 같은 말을 환자에게 해주라고 말한다.

환자가 주변에서 일어나는 일을 알아차리지 못하는 것처럼 보이더라도 듣고 있다고 여기고 말을 걸라고 격려한다. 임종 환자도 듣고 있다는 사실을 잊어서는 안 되는 것이다. 평화로운 죽음에 이를 수 있는 일이라면 그런 노력을 기울이는 것은 큰 의미가 있다. 설령 가족은 그런 노력이 아무런 소용도 없는 일이라고 느끼는 일이 종종 있더라도 말이다.

임종 환자가 마지막 길을 가기 전에 자기 일을 마무리 짓는

데 필요한 것을 기다리는 일도 있다. 음식이나 수분 공급이 전혀 없이 혼수상태에 있는 환자가 있었다. 의사는 그가 열흘을 버티기 힘들 거라고 했다. 그런데 그는 2주일을 넘기고도 며칠이 지났지만 아직도 이 세상을 떠나지 못하고 있었다. 신체의 장기들은 벌써 탈수 상태에 빠졌지만, 이 환자는 그 상태로 거의 보름을 버텼다. 임박한 임종 증상도 나타나지 않았다.

나는 환자의 아내와 대화를 나눈 후에야 그 이유를 알 수 있었다. 아들이 중국에 살고 있는데, 예약이 가능했던 비행기가 24시간이 지나야 도착한다는 것이었다. 아내는 아들이 아버지를 안심시킬 수 있도록 남편의 귀에 전화기를 대주었다. 아들은 말했다.

"저, 가고 있어요, 아버지. 아버지, 사랑해요. 금요일 저녁 8시에 도착해요."

당연히 환자는 금요일 저녁 8시까지 버텨냈다. 그는 아들과 작별 인사를 하기 위해 기다렸다가 저녁 9시에 숨을 거두었다. 그가 떠나기 전에 완수해야 했던 일 목록의 마지막 항목을 이행한 것이다.

나는 존엄하게
죽을 권리가 있다

나는 사라를 생각하면 기분이 좋아진다. 사라는 좋아하지 않을 수 없는 사람이었다. 아름답고 유쾌하며, 현실적이고 재치가 있었다. 게다가 용감하며 교양과 품위까지 갖추었다. 내가 특히 좋아한 면은 바로 이 품위였다. 사라의 품위는 훌륭한 인격과 단호함과 의연한 태도가 결합되어 나왔고 그녀가 살아온 인생 모든 측면에서 드러났다.

사라를 간호하기 위해 약속을 잡고 처음 방문했을 때 나는 그녀를 도저히 내 일정에 끼워넣을 수 없겠다는 생각을 했다.

대신 그녀가 나를 자신의 일정에 끼워넣었다. 그녀는 말했다.

"월요일은 내가 극장에 가야 하고, 친구들과 점심을 먹으러 나가야 해서 안 돼요. 화요일도 안 되겠어요. 운동 강습이 있어요. 수요일은 괜찮겠네요. 아, 아니요. 수요일에는 쇼핑을 가야 해요. 좋아요, 목요일은 비었어요. 그렇지만 오전에만 가능해요."

나는 사라와 사라의 건강 상태를 알아보기 위해 전해 받은 의료 기록을 살펴보았다. 이 여인이 정말로 대장암과 폐섬유증(폐 조직에 섬유성 결합직結合織의 증식이 일어나 정상 폐 구조의 파괴·경화로 심각한 호흡 장애를 불러일으키는 호흡기 질환)을 앓고 있는 사람이 맞는가? 그녀는 나보다 바쁜 것 같았다.

사라의 집에 도착했을 때 나는 사라가 반려견 두 마리를 침실로 몰아넣는 동안 현관문 밖에서 기다려야 했다. 작은 테리어종 강아지 백스터는 다리가 세 개밖에 없었는데 낯선 사람을 무척 경계했다. 하지만 몸집이 더 작은 다른 강아지가 문제였다. 사라는 그 개를 비스트라고 불렀다. 나도 비스트와는 별로 마주치고 싶지 않았다. 그 강아지들은 사라와 오랫동안 함께 살았고 사라는 자신이 병에 걸린 것을 알자 이 개들의 앞날을 계획하기 시작했다. 사라는 내가 자리에 앉자마자 '죽음' 이야기를 꺼냈다.

"나는 내가 곧 죽을 것을 알아요. 그래서 더는 할 수 없게 되기 전에 하고 싶은 일을 하느라 정말로 바쁘답니다. 그래서 저는 당신이 한 달에 두 번만 왔으면 좋겠어요."

사라는 나이가 겨우 예순아홉 살이기도 했지만, 나이보다도 훨씬 젊어 보였다. 그녀는 소박하게 말을 하더라도 세련되었고, 언제나 아름답게 화장을 하고 옷을 잘 차려 입었다. 완벽한 모습에 흠집을 내는 유일한 것은 산소 튜브였다. 그것은 코에서 바닥으로 길게 늘어져 구석에서 부드럽게 쉬쉬 소리를 내고 있는 산소통으로 연결되었다. 사라는 대장암으로 진단 받기 전에 먼저 폐섬유증 진단을 받았다.

이 병은 폐가 탄력성을 잃어 쉬고 있을 때조차 호흡곤란 증상을 일으키는 심각한 질병이다. 사라는 4년 전에 암으로 남편을 여의었다. 그로부터 얼마 지나지 않아 자신이 이런 두 가지 진단을 받은 것이다. 모든 사실을 알고 보니 사라가 이렇게 씩씩하게 생활할 수 있는 에너지를 어디서 얻고 있는지 궁금해졌다.

가끔씩 환자들이 자신의 죽음에 대해 이렇듯 의연한 태도를 보일 때면, 나는 그들이 자신의 질병을 부정하고 있는 것은 아닌지 싶다. 그러나 사라는 그런 경우가 아니었다. 그녀는 이미 분노, 부정, 타협, 슬픔과 몇 가지 더 많은 감정의 과정을 거쳤다고 말했다. 자신의 처지를 받아들이기까지 오랜 시간이 걸렸다는 것이다. 그런 다음 자신이 해야 할 일 목록을 만들었다.

그 목록에는 오랫동안 보지 못한 사람들에게 연락을 하고 손자들에게 편지를 쓰는 일도 포함되었다. 사라는 이제 떠날 준비가 다 되었는데, 딸 에이미와 아들 안젤로가 자신의 이런 '볼 장 다 봤다'는 태도에 불만스러워한다고 했다. 사라는 오랫동안 신학 공부를 한 덕분에 굳센 영적 믿음을 갖고 있었다. 그녀는 남편이 마지막 길을 평화롭게 갈 수 있게 도왔다. 죽어가는 과정이나 사후에 일어날 일에 대한 두려움도 없었다. 오로지 남은 것은 할 수 있는 모든 일을 마치고, 주변을 정리해야 한다는 마음뿐이었다.

몇 개월 후부터는 아무리 사라라도 암에 잠식당한 몸이 더는 견뎌내지 못했으므로 활동을 줄여야 했다. 그녀는 궁금증과 걱정거리를 해결하기 위해 아들과 딸과 함께 호스피스 직원과 몇 차례 면담 자리를 마련했다. 그 자리에서도 사라는 자신이 알아야 할 것들을 질문하면서 단도직입적으로 논의를 주도했다.

"좋아요, 이제 내가 죽고 나면 일어날 일들을 좀 이야기해 주세요. 누구에게 전화를 해야 하고, 내가 정말로 죽었는지 어떻게 알 수 있지요?"

사라는 자기가 숨을 거두는 순간 자녀들을 도와줄 사람이 아무도 없을까봐 걱정이라고 했다. 그 순간에 딸과 아들 둘만 있어서는 안 된다고 벌써 몇 번이나 강조했다.

사라는 몇 개월이나 준비를 해왔고 주변의 모든 사람까지 철저하게 준비시켰다. 그러나 죽음으로 가는 과정에서 사라도 어찌할 수 없는 지경에 이르고 말았다. 그것이 마음에 들지 않았지만, 사라가 혼자 지낼 수 없을 만큼 허약해지자 에이미가 와서 함께 지냈다. 안젤로도 자주 방문했다. 안젤로는 집에 오면 사라가 있는 곳을 향해 "아직도 여기 있어요?"라고 말하며 어머니를 놀렸다. 사라는 얼굴을 찌푸렸다.

사라의 상태가 점점 더 악화되면서 위생 문제뿐만이 아니라 거의 모든 일을 딸에게 의존하게 되었다. 에이미는 내가 본 그 누구보다도 간병자 역할을 잘 해냈다. 인내심을 갖고 정성을 다해 어머니를 보살폈다. 매일 어머니를 씻기고 약을 먹이고 간호하면서 환자의 요구를 직감적으로 알아챘다. 에이미 자신도 그 능력에 놀란 것처럼 보였다.

대부분의 환자들은 다른 사람에게 의존해서 살아가야 하는 현실을 받아들이기 매우 힘들어한다. 하지만 사라는 그런 문제도 쉽게 받아들였다. 알몸 바람이 되어야 하는 것도, 다른 사람이 자기 몸을 대신 씻겨주어야 하는 것도, 간단한 일마저 다른 사람에게 의존해야 하는 현실도 남부끄러운 일로 여기지 않았다. 사라는 어깨를 으쓱하고 말했다.

"이것이 현실인 걸요."

한번은 좀 비참한 일이 있었다. 사라가 침대에서 일어나 내

려오다가 바닥으로 떨어진 것이다. 하지만 그녀는 자신이 얼마나 큰 곤경을 겪었는지 보여줄 수 있는 '더 시퍼렇게 든 멍'을 보여주지 못해 실망스러워했다. 며칠 후까지도 볼에 남아 있던 작은 멍 자국에 감탄하기 위해 거울을 자주 들여다보았지만 말이다.

사라와 그녀의 가족은 임종 준비를 마쳤다. 그러나 아무 일도 일어나지 않았다. 사라는 진단 받은 것보다 1년이나 더 오래 살았다. 아픈 몸으로 사는 것에 신물이 났고 모든 것을 뒤로 하고 떠날 준비가 되었다. 사라는 죽음을 좀더 서두르길 원한다고 말했다.

물론 나는 호스피스는 환자의 죽음을 재촉하는 일은 하지 않고, 할 수도 없다고 설명했다. 그렇지만 삶의 끝에 더 빠르게 이르기 위해서 먹고 마시는 일을 완전히 끊는 선택을 하는 사람도 종종 있다는 말을 덧붙였다.

하지만 그 일은 말처럼 쉽지 않다. 그러나 사라는 자기가 그 일을 실행에 옮기면 죽기까지 얼마나 걸리느냐고 물었다. 나는 평균적으로 2주일이 걸린다고 답했다. 하지만 그 기간이 약간 더 짧거나 길어질 수 있다고도 말해주었다. 사라는 그 일을 고민조차도 하지 않고 곧바로 그 자리에서 실행에 옮겼다. 사라는 에이미가 건네준 물잔을 밀어냈다. 당장 마시거나 먹는 일을 중단하기로 작정한 것이다.

내가 호스피스 간호에 종사한 17년 동안 의도적으로 이런 방법을 선택한 환자는 몇 명 되지 않는다. 그리고 그 몇 명 되지 않는 사람들 중에서도 그 방법으로 성공한 사람은 거의 없었다. 음식을 먹지 않고 물을 마시지 않기 위해서는 엄청난 원기와 결단력이 필요하다. 정신적으로는 아무리 원하는 일이더라도 몸이 말을 듣지 않기 때문이다. 배가 고플 때 음식 냄새를 맡고 갈증으로 입안이 쩍쩍 갈라지면 결심은 금방 해이해져 버린다. 그러나 사라는 달랐다. 강인한 본성과 이제 그만 천국으로 돌아가야겠다는 강한 욕구로 버텨냈다.

놀랍게도 인간의 몸은 수분과 영양분이 부족한 상태를 매우 흥미로운 방식으로 보상한다. 다이어트를 해본 사람은 누구나 처음 사흘이 가장 힘들다는 것을 알 것이다. 그 후로는 몸이 엔도르핀을 내놓는다. 공복 상태의 고통을 없애고 안정감과 희열을 주기 위해서다. 그러면 고통이 가벼워지고 정서적으로도 차분하고 만족하게 느낄 수 있다. 사라에게도 첫 72시간이 지난 후에 이런 일이 일어났고 그렇게 간절하게 바라던 임종 과정은 시작되었다.

사라는 음식을 먹지 않은 지 여드레째에 혼수상태로 들어갔고 임종이 임박했다는 징후가 보이기 시작했다. 사라는 이제 그날 밤을 넘길 것으로 보이지 않았다. 그러나 내가 다음 날 사라를 목욕시킬 간호조무사 섀넌과 함께 방문했을 때도 여전히 숨을 쉬고 있었다.

사라가 항상 얼마나 고상하고 품위 있는 모습을 유지했는지 잘 알고 있는 에이미, 섀넌, 나는 사라를 목욕시키고 단장해준 다음 옷을 입혀 사라가 마지막 길을 갈 수 있게 준비를 해주기로 했다. 언제나 우스갯소리를 잘하던 안젤로는 우리가 조심스럽게 사라를 씻겨주는 동안 옆에서 사라에 관한 재미있고 감상적인 이야기를 쉴 새 없이 지껄였다.

우리는 사라의 몸을 씻긴 후에 로션을 발라주고 머리를 빗겼다. 사라가 평소에 가장 좋아하던 잠옷을 입히고 몇 분이 지나자 사라의 상태는 극적으로 변하기 시작했다. 호흡이 잠시 멈추는 시간이 길어졌고 급하게 얕아졌다. 피부도 창백해졌고, 손발은 차가웠다.

안젤로와 에이미가 옆에 서서 그녀의 손을 잡고 있었고, 섀넌과 나는 발치에 서 있었다. 우리는 모두 사라에게 조용하고 애정에 넘치는 말을 전해주었다. 그녀가 그렇게 바라던 곳으로 조용히 빠져나가는 동안 우리는 마지막 작별 인사를 고했다. 그것은 작은 촛불이 꺼지는 것을 지켜보는 것과도 같았다. 불꽃이 점점 더 작아지다가 마침내 조용히 꺼지는 장면을 보는 것 같았다.

사라가 우리에게 가르쳐준 것은 두려움이 아니었다. 슬픔도 아니었다. 후회도 아니었다. 쓰디쓴 심정도 아니었다. 그녀는 온화하지만 굳센 태도로 우리에게 존엄하게 죽어가는 방법을 가르쳐주었다.

사라는 에이미의 집으로 옮긴 후에 비스트를 안락사시키기로 결정했다. 비스트의 고약한 성미로는 다른 가정에 가서 정착해 살 수 없을 것이라고 판단했기 때문이다. 다리가 셋밖에 없는 백스터는 한 시간 거리에 사는 사촌네 집으로 갔다. 사촌은 에이미와 안젤로에게 사라가 죽는 순간 백스터가 '우~' 하고 길게 울부짖기 시작했다고 말해주었다. 멀리 떨어져 있어도 자기의 특별했던 주인이 떠난 것을 느낀 것 같았다는 것이다.

아직은
때가 아니다

지난 이틀 동안 조지는 빠르게 마지막을 향해가고 있었다. 임종 과정으로 들어설 때 신체적으로 일어나는 변화는 다양하다. 임종 환자 간호 전문가나 전에 임종 과정을 지켜본 일이 있는 사람은 그런 변화를 쉽게 알아보고 또 예상할 수 있다. 어느 경우에는 환자들이 깨지도 않고 잠을 자는 것처럼 그대로 세상을 떠나기도 한다. 그런 일이 일어나면 우리는 그것이 축복이었다고 느낀다. 그만큼 쉽게 죽음에 이르렀다고 생각되기 때문이다. 그러나 그런 일은 드물고 임종 과정에는 특징적인 양상이 있으며 그것을 알면 다가올 일에 준비할 수 있다.

죽는 일에도 진통이 따른다. 출산 중에 생명을 얻기 위해 진통을 겪는 것과 마찬가지로 모든 것을 놓아버리기 위해서도 이루어져야 할 일들이 있다. 이것이 호스피스가 '영혼의 조산사'라고 불리는 이유다. 출산 중의 진통처럼 이런 노고도 간간이 멈추었다가 다시 시작되고, 열렸다 닫혔다 하며, 밀고 당기기가 반복된다. 모든 증상이 그렇지는 않더라도 일부 임종 증상은 누구나 알아볼 수 있고, 어떤 사람은 그 과정을 몇 주에서 몇 개월을 거치지만, 또 어떤 사람은 단 몇 시간만 겪기도 한다.

가장 흔하고 눈에 띄는 임종 증상은 환자가 이전에 하던 활동이나 관심사, 심지어는 사람과도 거리를 두는 것이다. 죽음을 준비하느라 중대한 변화가 일어나면서 관심이 외부 세계에서 내면 세계로 돌려지는 것이다. 그뿐만 아니라 먹고 마시는 일에도 관심이 없어진다. 이런 변화는 '몸의 지혜'일 수 있다. 이제 먹고 마시는 일이 필요하지도 않을뿐더러 그것을 계속했다가는 임종 과정이 더 힘들어질 것이기 때문이다. 잠을 자거나 아니면 눈을 감고 쉬는 시간이 온종일 이어질 수 있다. 환자는 그것이 지난 삶을 돌아보고 정리하거나 다가올 죽음을 준비하느라 그렇다고 말한다.

몸의 모든 기력이 쇠하면 배설 작용이나 삼키는 능력을 잃게 되고, 말을 할 수 있을 만큼 의식이 또렷해지는 일도 드물어지다가 결국에는 죽음에 이른다. 몸이 균형을 회복하려고 애쓰면서 활력징후(체온, 맥박, 호흡, 혈압 등 생명이 있다는 것을 입증해주는 징후가 되는 요소)가 요동치다가 마침내 혈압은 떨어지고 맥박은 올라간 채로 유지된다. 피부색과 체온도 변한다. 특히 손과 발의 변화가 심한데, 따뜻했다가 차가워지고, 분홍빛에서 흙빛으로 변했다가 몇 시간이 지나면 다시 돌아온다. 폐도 기력을 유지할 수 있을 만큼 호흡의 수와 형태를 유지하기가 힘들다. 처음에는 호흡이 얕고 느렸다가 상태가 악화되면서 빠르고 가쁜 숨을 내쉬거나 무호흡이 나타난다.

여기서 잊어서는 안 될 사실이 있다. 이런 불안정한 시간 중에도 환자의 청력은 온전하다는 것이다. 나는 임종 환자를

돌보는 모든 사람에게 이런 사실을 꼭 기억하고, 환자의 평화로운 죽음을 위해 이 사실을 이용하라고 당부한다.

조지는 임종 과정의 거의 끝에 다다라 있었다. 지난 며칠 동안 예상되었던 모든 임종 징후와 증상이 나타났다. 특히나 지난 몇 시간 동안 보였던 증상들은 분명 임종 징후였다. 우리는 그의 몸이 더는 오래 버텨낼 수 없을 것이라고 생각했다.

나는 담당 간호사 테레사와 함께 요양원의 조지 방으로 들어갔다. 조지에게서는 무호흡을 포함한 임종의 모든 징후가 뚜렷했다. 테레사와 나는 조지의 몸을 바꾸어 눕혀주고 그가 불편하지 않게 침대보도 잘 펴주었다. 조심스럽게 그를 똑바로 눕히자 그의 호흡이 멈추었다. 1분 동안 그의 맥박을 찾았지만 잡히지 않았다. 바로 그 순간 간호사 로라가 들어왔다. 조지가 방금 사망했다고 알리기 전에 그녀가 먼저 조지도 들을 수 있을 만큼 큰소리로 말했다.

"방금 당신의 아내 루이즈를 복도에서 만났어요. 아들한테 전화가 왔는데, 5시 30분에 도착한다고 하네요."

기적적으로 그리고 매우 기이하게도 조지가 움찔하더니 다시 숨을 쉬기 시작했다. 루이즈도 아들이 도착할 무렵에 왔다. 조지는 가족이 모두 함께한 가운데 7시 30분에 세상을 떠났다. 조지가 자신과 그의 아내와 아들에게 죽음을 맞을 수 있게 잠깐 다시 돌아오기로 선택한 것으로 보였다.

마지막
소원

    많은 환자가 죽음 앞에 무릎을 꿇기 전에 소원하던 목표를 이루고 새 이정표를 세우길 원한다. 어떤 사람에게는 그 중요한 목표가 사랑하는 사람과 크리스마스를 한 번 더 지내는 것이나 좋아하는 일을 마지막으로 한 번 더 하는 것일 수 있다. 또 어떤 사람에게는 살면서 한 번도 해보지 못한 일을 해낼 용기를 내는 것일 수도 있다. 다가오는 결혼기념일이나 가족의 생일에 함께하는 것일 수도 있다. 나는 환자가 가족의 생일에 임종을 맞으면 그것은 선물이라는 것을 가족에게 이해시키고자 한다. 자기 부모가 그날을 고른 것은 그날이 이미 그들에게 특별한 날이기 때문이라고 말이다.

월리엄은 까다로운 성미의 독신남이었다. 그는 74년이라는 세월 대부분을 혼자 살았고, 그 누구에게서도 어떤 제안이나 명령을 받는 것에 익숙지 않았다. 간암으로 진단을 받았을 때도 그는 질병에 대한 치료를 모두 거부했다. 자기를 도우려는 의료인들을 갖은 수를 써서 피했다. 내가 아무리 항의를 해도 그는 그 고약한 성미로 자기는 살거나 죽거나 상관없다고 고집을 부렸다. 그는 "아마도 내가 살고 죽는 일에 관심 있는 사람은 아무도 없을 거요"라고 항변했다. 나는 윌리엄을 방문할 때마다 그가 나를 노려보고 으르렁거리는 일 없이 방문을 끝낼 수 있기만을 바랐다. 참 안타까운 목표이긴 했지만, 그것도 쉬운 일이 아니었다.

그의 눈을 반짝이게 만들고 목소리를 부드럽게 만들 수 있는 것은 오직 낚시였다. 그는 어린 시절부터 낚시광이었고 병이 들 때까지도 그 고독한 취미를 즐겼다. 그는 "낚시 여행을 한 번만 더 갈 수 있었으면……. 그러면 나는 살거나 죽거나 상관없어"라고 종종 말했다. 윌리엄은 이미 너무 허약한 상태였으므로 그것은 말처럼 쉬운 일이 아니었다. 그는 자신의 좁은 집 안에서 움직이다가도 벌써 몇 번이나 넘어졌는지 모른다.

윌리엄에게는 형제가 셋이나 있었지만 사는 동안 관계가 소원해졌다. 나는 그의 허락을 얻어 그가 자신의 의료문제 대리인으로 지명한 형제와 그의 질병 상태와 예후를 상의하기로 했다. 그에게 윌리엄의 마지막 소원이 낚시 여행이라고 말해주었다. 그런데 세 형제가 모두 윌리엄과 함께 낚시를 가기로 의견을 모았다. 형제들이 장소와 날짜까지 정해 초대하자 윌리엄은 몹시 놀랐다. 윌리엄은 나날이 악화되었지만, 다음 몇 주를 낚싯줄을 손보고 낚시 도구 상자를 준비하면서 보냈다. 그는 실제로 웃으면서 지냈다.

나는 윌리엄의 여행에 꼭 필요한 것들의 목록을 작성했다. 그 목록에는 약과 휠체어, 얼마 전부터 생긴 실금失禁(소변이나 대변을 자신의 의지대로 조절하지 못하는 상태) 문제를 해결하기 위한 기저귀 같은 것들이 포함되었다. 그의 형제들에게 만약의 경우를 대비해서 그 근방에 있는 호스피스 센터의 이름과 전화번호도 알려주었다. 약품 상자를 채우고 윌리엄의 상태가 악화될 경우 위생 문제를 비롯해 조치해주어야 할 일들도 설명했다. 그의 형제들은 윌리엄과 안전하고 즐거운 여행을 할 수 있기를 원했으므로 내 설명에 귀를 기울였다. 낚시 여행 이틀 전, 나는 세부적인 것들이 모두 준비되어 안도했다.

그날이 왔고 윌리엄의 형제들이 새벽부터 그를 데리러 왔다. 낚시 장비들도 모두 현관문 옆에 준비되어 있었다. 하지만 윌리엄은 거기서 기다리고 있지 않았다. 그 전날 밤 윌리엄이 세상을 떠난 것이다. 윌리엄은 아마 자신의 세 형제와 낚시 여행을 간다는 기대만으로도 세상을 떠날 수 있을 만큼 충분한 마무리가 되었던 모양이다. 나는 여전히 그렇게 믿는다. 그가 '저 세상' 호수에서 더 재미나는 낚시를 하기로 약속했는지도 모를 일이다.

"당신이 죽을 때까지 잘 살도록 도와주는 거예요"

호스피스 프로그램에 새로 들어온 환자와 가족을 처음 방문할 때 내가 지키고 있는 첫 번째 규칙은 아무런 의문점도 남기지 않는다는 것이다. 호스피스 철학이나 우리의 사명과 목적에 대해서도 마찬가지다. 가끔씩 환자와 가족이 호스피스를 두고 실제와 동떨어진, 전혀 엉뚱한 말을 해서 깜짝 놀랄 때가 있기 때문이다. '호스피스는 사람을 죽게 도와주는 거예요'라는 말을 듣는 일도 있으니 오해를 남기지 않고 확실하게 사실을 알게 하는 것은 매우 중요하다. 그런 사실이 아닌 말을 들을 때면 나는 부드럽게 그들의 말을 바로잡아준다. 모든 호스피스는 죽음을 재촉하는 것이 아니라 삶의 질을 높이려는 것이다.

"호스피스는 당신을 죽게 도와주는 것이 아닙니다. 호스피스는 당신이 죽을 때까지 잘 살도록 도와주는 거예요."

다른 중요한 일들도 있다. 호스피스 환자에게 제공되는 메디케어Medicare(미국 노인의료보험제도)나 보험 혜택으로 구체적으로 어떤 서비스를 받을 수 있는지 개략적으로 정보를 주는 것도 그중 하나다. 그렇잖아도 힘든 일이 많은데 환자 가족이 골치 아프고 신경 써야 할 일에 휘말리지 않게 하기 위해서다. 그런 예로 호스피스 환자가 호스피스 혜택을 취소하지 않고 병을 더 적극적으로 치료하고자 병원에 입원한다면 엄청난 금액의 병원비가 발생할 수 있다. 환자가 그런 결정을 내렸다면, 언제라도 호스피스 돌봄을 받지 않을 수 있다. 질병 치료는 물론이고, 실험적인 치료라도 다시 한 번 시도할 수 있다. 그러나 어떤 상황에서도 법적인 테두리 안에 머물러야 하며, 그리기 위해서는 규정을 따라야 한다.

새로 호스피스 돌봄을 받게 된 빌리와 그의 가족에게도 나는 이 모든 것을 설명했다. 환자의 권리와 개인정보보호법도 읽게 했다. 그들은 전적으로 동의한다면서 고개를 끄덕였고, 나는 설명하는 내내 미소를 잃지 않았다. 빌리는 오랫동안 만성 폐쇄성 폐질환을 앓았다. 환자와 가족은 이제 빌리에게 질 높은 삶은 가능하지 않다는 것을 알았다. 빌리는 그만 세상을 떠나길 원했고, 가족도 몸져누워 비참한 상태를 이어가는 삶에서 빌리를 구해주고 싶었다. 빌리는 병으로 인해 숨을 쉴 수 없다는 불안이 몹시 컸다.

나는 호스피스 돌봄과 지침에 대해 가족이 알아야 할 것을 모두 완전하게 설명했다고 여기고 더 궁금한 것은 없는지 물었다. 그러자 빌리의 딸이 기다렸다는 듯이 물었다.

"그럼 이제 우리가 날짜와 시간을 선택해야 하는 거죠. 그러면 당신이 와서 아버지가 세상을 떠날 수 있게 도와주는 거죠, 그렇죠?"

세상에나! 그녀는 안락사를 이야기하고 있었다. 나는 충분히 설명을 했다고 여겼으므로 그 질문에 놀랐다. 나는 다시 자세하게 설명해야 했다.

다른 호스피스 간호사가 겪은 일도 있었다. 그녀는 피터를 몇 주째 돌보고 있었다. 환자의 가족은 피터가 우울하거나 불안하지 않다고 말했다. 그러나 그녀가 방문할 때 본 피터는 가족의 말과는 매우 달랐다. 검진을 위해 몸을 살펴볼 때도, 대화를 하는 동안에도 눈을 마주치려 들지 않았다. 간단히 '예' 아니면 '아니오'라고만 할 뿐 자신의 감정을 나누거나 대답을 자세하게 하지도 않고 대화에 참여하려는 의지를 전혀 보이지 않았다. 신체적으로도 긴장되어 있었고, 자신을 안으로만 닫아건 채 소통하려 들지 않았다. 이것은 단지 그의 성격인가? 가족의 말에 따르면 그렇지도 않았다.

호스피스 간호사는 언제나 환자가 자신의 질병을 이해하고 받아들이는 정도에 맞춰 환자를 대하고자 한다. 어떤 사람들은 자기가 앓는 질병을 적극적으로 받아들이는 반면, 자기가 받은 말기 진단을 절대로 받아들이지 못하는 환자도 있다. 또한 어떤 사람들은 그 중간 정도에 머문다.

또한 우리는 언제나 환자가 하나의 인간이라는 사실을 잊지 않는다. 예를 들면 평생을 홀로 쓸쓸하게 살아온 사람은 죽어가는 과정에서도 그런 삶의 방식을 고수한다. 차분하고 분석적인 사람은 아마도 마지막 숨을 내뱉는 순간까지도 그런 방식을 지킬 것이다. 호스피스에서 일하는 사람들은 흔히 '우리는 모두 살아온 방식대로 죽는다'고 말한다. 그것은 언제나 진실이기도 하다. 죽어간다고 해서 우리가 바뀌지는 않는다. 사실상 우리는 죽을 때 평생 살아온 모습 그대로 되어간다.

피터의 가족이 그를 외향적이고 다정한 성격이라고 했으므로 간호사는 피터가 자신과 함께 있을 때 긴장을 풀지 못하는 다른 이유가 틀림없이 있을 것이라고 판단했다. 네 번째로 방문했을 때 간호사는 피터 곁에 앉아 물었다.

"피터, 제가 올 때마다 저한테 화를 내고 있는 것 같아요. 저를 두려워하는 것 같다는 느낌마저 들어요. 저는 당신을 돕고 싶지만 저와 전혀 대화를 하려 들지 않으면 제가 도와줄 수가 없어요. 저를 그렇게 대할 수밖에 없는 어떤 이유가 있나요?"

긴 침묵 후에 피터는 그녀를 바라보며 말했다.

"당신이 언제 그 일을 제게 할지 알 수 없기 때문이에요."

간호사는 무슨 말인지 몰라 다시 물었다.

"피터, 제가 무슨 일을 한다는 거죠?"

그가 훌쩍거리며 말했다.

"저는 당신이 언제 제게 그 약을 줄지 모른다고요."

간호사는 여전히 혼란스러워 피터가 무슨 말을 하고 있는지 이해를 해보려고 애썼다. 곧 아차, 싶었다. 피터가 호스피스를 잘못 이해하고 있었던 것이다. 호스피스 간호사가 방문하는 어느 날엔가 자기 삶을 끝내게 만들 약을 줄 것으로 생각했던 것이다.

간호사는 부드럽게, 그러나 매우 분명하게 그런 일은 절대로 일어나지 않는다고 설명했다. 그녀는 다시 피터에게 호스피스가 제공하는 실제적인 돌봄에 대해 설명했다. 피터는 그이후로 마음의 문을 열고, 그의 가족과 친구들이 알고 사랑했던 다정한 사람으로 돌아왔다. 이 일로 인해 나는 그 어떤 일에 대해서도 절대로 짐작하지 말라는 교훈을 얻었다. 호스피스 여정에 따르는 모든 일에서는 항상 환자와 가족이 인지하고 있는 것이 분명한 사실인지 확실하게 평가해야 한다.

제2장

우리가 이별할 때 하는 말

시간은 우리에게 좋은 친구를 주고,

우리에게 자녀를 주며, 우리에게 와인을 주네.

우리에게 무엇을 취하고 무엇을 뒤에 남겨두어야 할지 말해주네.

― 존 덴버John Denver, 1943~1997 (미국 가수)

우리는 하루에도 몇 번씩이나 '안녕', '잘 있어', '보고 싶을 거야'와 같은 말을 한다. 그러나 누군가의 삶의 마지막에 그런 이별의 말을 해야 할 때보다 마음이 찢어지고 힘든 경우는 없다. 우리가 그 사람의 빈자리를 느끼면서 이별의 말을 하기란 힘들지만, 떠나는 사람에게는 그 말이 꼭 필요하다. 우리는 태어난 순간부터 죽음을 향해간다. 결국에는 우리가 그 누구도 죽음을 피할 수 없음을 알게 된다. 언젠가 자녀는 부모를 잃을 것이고, 부부는 한쪽이 먼저 세상을 떠나고 뒤에 혼자 남겨질 것이다. 마지막 작별 인사를 어떻게든 양쪽 모두에게 쉽고 편안하게 표현할 방법을 찾는 일은 우리가 숨 쉬는 공기만큼이나 필요하다. 이것은 자신의 가슴 깊은 곳에서 우러나와야 한다. 여러 가지 이유로, 사랑하는 이가 죽은 후까지도 떠난 사람을 보내기가 쉽지는 않다. 그렇지만 사랑하는 이를 놓아줄 수 있는 의미 있고 특별한 방식을 찾아야 한다.

아기 천사가
세상을 떠나기 전

       자녀나 손자와 손녀를 남겨두고 떠나고 싶은 사람은 없다. 더군다나 자녀가 아직 어린아이라면 말이다. 어린 자녀가 우리를 기억하지 못할까봐, 그 어리고 여린 마음이 부모와 떨어져 고통당할까봐 두렵다. 우리가 떠나고 나면 그 빈자리를 누가 대신해줄 수 있을지 염려스럽다. 우리가 사랑해준 것처럼 사랑해줄 누군가가 있기를 원하면서도, 우리가 떠난 빈자리를 다른 누군가가 대신 차지해 버릴까봐 두렵기도 하다.

호스피스는 환자의 어린아이를 돌보는 데도 힘쓴다. 사회복지사는 각 환자의 상황에 따라 필요한 도움을 준다. 간호사와 간호조무사, 종교지도자와 자원봉사자 같은 다른 팀원들도 어린아이가 임종 과정과 죽음을 좀더 쉽게 겪을 수 있게 돕는다. 호스피스 상담사는 가족, 특히 환자의 자녀를 지원하기 위해 만반의 준비를 갖추고 있다. 또한 서점에도 이해하기 쉬운 말로 된 훌륭한 참고 도서가 많다. 그러면 어떤 자녀라도 삶의 유한함과 죽음의 성스러움을 알게 되고, 환자는 자녀가 잘 준비되었다고 느끼면 느낄수록 마지막 날들을 더 편안하게 보낼 수 있다.

자녀가 부모를 돌보는 일에 기여할 수 있게 해주는 것도 중요하다. 부모, 조부모, 가족의 친구, 환자와의 관계가 무엇이든 우리는 그들에게 편안한 방식으로 부모의 마지막에 함께하라고 격려한다. 어린 자녀들은 질병을 편하게 받아들이지 못하므로 아이 수준에 맞게 그림을 그려 선물하게 하는 것도 좋다. 어떤 아이들은 아무런 거리낌 없이 아픈 아빠와 함께 텔레비전을 보기 위해 침대로 기어들지만, 어떤 아이들은 그런 일을 꺼리고 문밖에서 손짓으로만 키스를 날리기도 한다. 어떤 수준으로 접근하든 모든 아이를 칭찬해주어야 한다. 아무리 작은 일이라도 자기와 가까웠던 사람의 죽음을 준비하는 일이라면 말이다. 그것이 아이가 앞으로 삶을 살아가는 동안 당할 모든 일에, 결국에는 사랑하는 사람의 죽음을 준비하게 할 것이다.

제니의 부모는 임신 6개월에 뱃속의 아기가 여러 가지 선천성 기형을 갖고 있다는 말을 들었다. 18번 삼염색체증(에드워드증후군, 18번 염색체가 세 개인 심한 선천적인 기형이 나타나는 증후군)으로 뇌가 없거나 발달하지 않는 무뇌아나 소뇌아가 나온다는 것이었다. 이런 아기들은 보통 손가락과 발가락이 더 많고, 눈도 보이지 않고 귀도 들리지 않는다. 심장 기형이 있고 두개골의 융합선이 벌어져 있는 일도 많다. 의사는 제니의 부모에게 임신이 끝까지 유지되지 않을 수도 있고, 임신을 종결시키는 방법도 있다고 말했다. 어떤 경우라도 아기는 세상에 태어나지 못할 가능성이 높았다.

제니의 부모는 임신과 출산이 처음은 아니었다. 이미 두 살과 네 살 된 딸 둘이 있었다. 그들은 신이 자신들에게 문제가 있는 아기를 주었다면, 그것은 자신들이 그 어려움을 잘 헤쳐 나갈 능력이 있다고 믿기 때문이라고 확신했다. 그들은 임신 을 계속 유지하기로 결정했다. 다른 두 자녀를 임신했을 때 했 던 것처럼 하면 될 테지만 몇 가지 예외는 있을 것이다.

부부는 분만실에서 출산에 함께해줄 목사를 찾았다. 제니 가 출산을 견디지 못할 경우를 대비해 목사가 아기를 위해 기 도를 올려주길 원했던 것이다. 또한 아기가 이 세상에 나오기 는 했으므로 세례를 해주기도 원했다. 또한 제니의 언니들에 게 알아들을 수 있는 말로 아기가 태어날 테지만, 여기 오래 머물지 못할 수도 있다고 설명했다. 하나님이 천국에 아기를 두길 원한다고 말이다. 또한 하나님은 제니와 마찬가지로 그 둘도 사랑하지만, 그들은 부모님과 함께 이 세상에 머물면서 부모님에게 사랑을 보여주길 원한다고 말했다.

임신 9개월에 이르렀을 때 두 아이가 나누는 대화에서는 '제니가 하늘나라로 돌아간 후에' 또는 '우리는 제니를 빌리 는 것이고, 아기를 돌려주어야 해'라는 말을 자주 들을 수 있었다. 나는 제니가 세상을 떠나더라도 이 아이들이 이것을 자연스럽게 받아들일 수 있겠다고 짐작했다. 아이들이 아기가 여기에 오래 머물지 않을 것이라는 말을 이미 들었기 때문이다.

물론 부부에게는 그것이 훨씬 더 어려운 일이었다. 제니가 엄마의 몸 밖으로 나오면 생명을 오래 유지할 수 없었기 때문에 마음은 찢어질 듯 아팠다. 그들은 출산 동안 어떤 일이 일어나든 최선을 다해 준비하기로 마음을 단단히 먹었다.

제니는 개월 수를 다 채우고 태어났다. 분만일이 되자 제니의 부모는 '예약한' 목사님과 함께 분만실로 들어갔다. 제니는 심각한 선천성 결함을 갖고 태어났지만, 임신 기간을 모두 채웠고 분만실에서 '응급' 세례를 받았다. 제니는 특수한 치료를 받으면서 사흘을 병원에서 견뎌냈다. 제니의 부모가 아기를 집으로 데려갈 수 있게 준비시켜줄 능력을 가진 사람은 없었다. 의료 전문가들은 그런 일이 가능하다고 믿지 않았다. 하지만 부부는 제니를 집으로 데려갔다.

나는 제니가 도착한 날 처음으로 제니의 집을 방문했다. 아기는 여러 가지 명백한 선천성 결함을 갖고 있었다. 뇌가 완전히 자라지 않아 공간을 다 채우지 못한 머리는 너무 작았고 위가 납작했다. 두개골은 조각들이 서로 융합되지 않고 벌어져 있어 아기를 들어올리거나 옮길 때는 머리를 보호해야 했다. 눈이 있는 안와眼窩도 너무 작아서 그 안의 작은 눈이 움직이거나 눈으로 물체를 좇을 수 없었다. 주변에서 소리가 나도 아기가 반응하지 않는 것으로 봐서는 귀도 들리지 않는 것으로 보였다. 손가락과 발가락도 더 많이 달려 있었다. 아기는 기형으로 생겼지만, 이 아기만의 특별한 모습 그대로 예쁘기만 했다. 부모가 잠깐씩 휴식 시간을 갖는 동안에는 내가 제니를 안았다. 그때마다 나는 이 작은 하나님의 자녀에게서 특별한 은총을 느낄 수 있었다.

제니가 이 세상에 머물던 2주 동안은 부부에게 몹시 힘겨운 시간이었다. 아기가 세상을 떠나기 전에 더 많은 시간을 함께 보내길 원했기 때문이다. 그 작은 생명은 매우 고귀하지만 언제 어느 순간 떠날지 몰랐으므로 그들은 거의 잠을 자지 않고 계속해서 아기를 안고 지냈다. 그러다가 아기는 한밤중에 엄마와 아빠 가운데서 함께 자는 동안 조용히 세상을 떠났다.

이 작은 아기 천사는 아주 잠깐 이 세상에 머물렀지만, 그 짧은 시간에도 부모와 자매들에게 평생 잊지 못할 사랑과 인내와 배려를 가르쳐주었다.

"저것은 하나님이
말하는 소리예요"

　　　루이는 아흔네 살이었고 호스피스 돌봄을 받은 지도 오래되었다. 그의 아내 레슬리는 2년 전에 호스피스 돌봄을 받으면서 세상을 떠났다. 그때 레슬리도 내가 간호했으므로 나는 루이와 그의 네 자녀와도 매우 친숙했다.

　루이의 상태는 악화되었지만, 몸이 노쇠한 탓일 뿐 그 증상이 질병 과정으로 보이지는 않았다. 그의 몸은 점점 더 쇠약해졌고 전에 즐기던 모든 일에 흥미를 잃었다. 매번 그의 상태가 곤두박질할 때마다 그것이 마지막이 될 것 같았다. 그런데 그는 돌연 회복해 8년 동안이나 그를 돌봐온 우리 호스피스 팀과 가족을 놀라게 했다. 지난 18개월 동안 그런 일이 반복해서 일어났다. 어느 날 방문했을 때는 그가 반응이 없어 임종에 임박한 것으로 보였다. 하지만 다음 방문 때는 반짝 눈을 뜨고 "오, 의사 선생님 안녕하세요!" 하고 말했다. 그는 언제나 나를 그렇게 불렀다.

그러나 결국 루이도 그의 마지막 내리막길로 들어섰다. 근처에 가까이 사는 가족은 오직 아들 로니뿐이었고 다른 아들 로이드와 랜스, 딸 로런은 다른 주에 살았다. 그들은 벌써 여러 차례 아버지의 임종이 가까웠다는 긴급한 연락을 받고 루이의 침상 주변에 모였다. '이번에는 정말일까?' 이제는 그들도 미심쩍어했다. 나도 그들에게 아버지의 임종 연락이 '양치기 소년' 이야기처럼 여겨질 것을 알았다. 그러나 그들은 아버지와 작별 인사를 할 수 있는 기회를 갖기 위해 다시 한 번 먼 길을 와주었다. 정말 이번이 마지막이라면 아버지를 꼭 보아야 했던 것이다.

루이는 며칠 동안 혼수상태에 있었다. 영양과 수분 공급도 받지 못했다. 눈을 뜨거나 소리를 내는 일도 없었다. 몸을 바꾸어 눕히고, 닦아주고, 옷을 갈아입히고, 기저귀를 갈아주는 동안에도 그가 주변을 의식적으로 인지하고 있다는 근거는 전혀 찾아볼 수 없었다. 그러나 화요일, 그가 눈을 뜨고는 웃음을 지어보였다. 손가락을 입에 가져다 대더니 "쉬이! 저 소리가 들려요?" 하고 물었다. 그가 덧붙였다.

"저것은 하나님이 말하는 소리예요!"

나는 내게도 무슨 소리가 들린다고 대꾸하고 싶었지만, 대신에 자녀들을 방으로 불러 아버지가 깨어난 것을 보도록 했다. 이번에도 또 가짜 경보일까? 내 안의 모든 것이 그렇지 않다고 말했다. 그래서 나는 기다렸다.

루이가 방을 둘러보았다. 그런 다음 로니를 향해 침대로 가까이 오라고 손짓했다. 로니가 다가가 아버지의 손을 잡았다. 루이는 로니의 손을 붙들고 5분 동안 눈 한 번 깜빡이지 않고 말 한마디 없이 웃는 얼굴로 고개를 끄덕이며 그를 바라보았다. 그런 다음 말했다.

"고맙다."

루이의 눈길이 나를 스쳤다. 로런을 가리키며 작고 떨리는 목소리로 말했다.

"이제, 저 아이를 데려와요."

루이는 로런의 손을 잡고 얼굴을 골똘하게 바라보았다. 그는 모든 것을 하나하나 기억 속에 새기고 있는 듯했다. 그러고는 고개를 끄덕이고 미소를 지으면서 로런의 손을 놓기 전에 말했다.

"고맙다."

루이는 로이드, 랜스와도 똑같은 과정을 거쳤다. 그 일을 모두 마치고 나를 향해 고개를 돌리고 미소를 지으면서 말했다.

"이제 되었어요."

그는 눈을 감았고 다시는 뜨지 않았다.

"당신이 세상을 떠날 때 조금만 울게요"

처음에는 내가 여러 가지 이유로 롭을 내 환자 명단에 올리기를 꺼렸다. 우선은 그의 나이가 그다지 많지 않았고, 이제 막 할아버지가 되었으며, 나와 비슷한 인생 여정에 있는 것이 내가 그의 간호사가 되기에 적당한 것 같지 않았다. 두 번째로는 그의 문제가 복잡했다. 통증클리닉의 여러 전문가가 췌장암으로 인한 이루 말할 수 없는 통증을 조절하기 위해 여러 가지 시도를 하고 있었기 때문이다.

세 번째로는 그의 주치의 여의사가 같이 일하기 힘든 사람으로 악명이 높았다. 롭의 질병 과정의 복잡한 특성을 보는 견해에서 우리가 서로 부딪힐 것이 분명했다. 또한 롭은 불편한 증상을 조절하기 위해 복부 배액排液(복부에 차오른 액체를 배출시키는 것), 정맥 주입, 신경 차단술을 하게 될 가능성이 높았다. 더군다나 롭을 처음 호스피스 환자로 등록시킨 간호사는 그의 가족이 롭의 진단이나 나쁜 예후를 받아들이지 않고 있다는 언질을 주었다.

롭의 부모는 롭이 앓고 있는 병을 알고 있으면서도 여전히 모른 척했다. 한마디로 롭의 병은 '방 안의 코끼리(어떤 문제가 생긴 것이 명백한데, 그것이 너무 거대하고 당혹스러워 도리어 언급하길 꺼리는 상황)'처럼 앉아 있었다. 롭의 아내와 자녀는 계속해서 '아버지가 나아지면'과 같은 비현실적인 표현들을 쓰면서 미래의 계획을 말했다. 그들은 모든 사실을 알고 있으면서도 모두의 마음에 있는 '말기'나 '죽음'과 같은 말이 대화에 섞이는 것을 몹시 두려워했다. 그들에게는 많은 지지와 교육이 필요했고, 그 모든 것은 곧 시작되어야 했다. 롭의 병세가 심각해 시간이 얼마 없었기 때문이다.

처음 롭의 집을 방문했을 때 나는 불안하고 긴장되었다. 그의 매력적인 아내 에밀리가 현관에서 나를 맞아주었다. 롭이 밤새 메스꺼움과 구역질, 통증으로 괴로워했다는 말로 내 불안은 현실이 되었다. 종양 때문에 복수腹水가 차올라 복부 둘레가 날마다 더 늘어나고 있다고도 했다. 나는 아직 환자를 만나보지도 못했지만, 힘든 환자를 보살펴야 할 일에 마음이 무거웠다.

에밀리가 나를 2층으로 안내해 남편에게 소개했다. 롭은 보자마자 호감을 갖게 만드는 사람이었다. 롭이 자신을 소개하는 태도는 어렸을 적 골목길에서 같이 놀던 소년과 고등학교 시절 남자 친구와 다정한 오빠를 섞어놓은 것 같았다. 그는 아픈 몸에도 불평쟁이 간호사라도 매혹시킬 만한 매너와 미소를 보였다. 우리 사이에는 즉시 상호신뢰 관계가 싹텄고 나는 매번 그의 고통을 덜어줄 새로운 아이디어로 무장하고 그를 방문할 날을 기다렸다. 내 방법은 효과를 냈고, 그에게서 감사의 인사를 받았다.

상태가 좋은 날에는 그의 발에 로션을 발라 마사지를 해주면서 대화를 나누었다. 내가 그의 부어오른 발을 마사지하는 동안 그는 눈을 감고 고등학교 축구부 코치와 특허 받은 발명가로 일하던 때의 일들을 들려주었다. 자신이 가족을 얼마나 사랑하는지, 특히나 두 살배기 손녀가 얼마나 예쁜지도 이야기했다. 그가 세상을 떠난 후에 손녀가 자신을 기억하지 못할 것이란 생각에 매우 슬프다고 말했다. 그러나 손녀가 가족에게 많은 사랑을 받고 있는 것으로 위로를 삼았다. 또한 그가 죽은 후에라도 천국에서 손녀를 지켜볼 수 있으리란 강한 믿음과 확신이 그에게 큰 위안이 되었다.

롭은 복부 부종浮腫(몸이 붓는 증상)이 주는 고통으로 침대를 벗어날 수 없게 되면서 상태가 급격하게 나빠졌다. 말하자면 자신의 한계에 다다른 것이었다. 호스피스에서 일하는 우리는 환자가 그 상태에 이르면 더는 원하고 필요한 질 높은 삶을 누리지 못하게 되는 것을 자주 본다. 이제 환자는 병에 굴복하고 질병이 온몸을 지배할 수밖에 없다. 굴복하는 것과 포기하는 것은 서로 매우 다른 개념이다. 굴복은 보통 싸움 후에 일어난다. 생명을 연장하거나 질병을 낫게 하기 위한 치료와 수

술은 이제 선택할 만한 일이 못 된다. 이쯤에는 환자가 질병이 주는 제한적인 삶을 받아들이기보다는 세상을 떠나는 것이 차라리 낫다고 여긴다.

침대에 병들어 누워 있는 것보다 나은 곳이 있다는 깨달음에 이른 것이다. 그 결정이 정신적인 것이든, 영적이거나 정서적인 것이든, 환자는 그 여정의 다음 단계에 직면하면 더 평화롭게 된다. 자신에게 일어나는 변화를 지켜보는 것은 자동차를 몰고 복잡하고 붐비는 고속도로를 달리다가 한가로운 시골길로 접어들어 여유롭게 길을 지나는 것을 바라보는 것과도 같다. 그것이 가족에게는 몹시 어려운 일이더라도, 이런 일이 일어날 때 가족은 환자의 매우 사적인 결정을 받아들여야 하고, 환자의 결정을 지지한다는 것을 알려야 한다. 롭도 그 상태에 이르렀다.

롭의 상태가 악화되었으므로 전체 호스피스 팀이 나서서 가족이 롭의 말기 진단을 받아들일 수 있게 도왔다. 우리의 격려로 용기를 낸 롭은 가족을 모두 앉혀놓고 자신의 여정이 얼마나 힘들어졌는지 이야기했다. 의학 지식이 있는 사람의 눈에는 이미 그가 얼마나 쇠약해졌는지 알아보기 어렵지 않았고, 가족의 눈에도 전에는 인정하지 못했던 사실들을 수긍하는 빛이 역력했다.

이제 가족은 그의 죽음을 준비하기 시작했다. 의사와 나는 그를 고통스럽게 만드는 증상을 관리하기 위해 애를 썼고, 성공을 거두었다. 롭은 마침내 편안해졌고 고요하게 쉴 수 있는 단계로 접어들었다. 나는 그가 죽음에 이르기까지 얼마 남지 않은 것을 알았지만, 그것이 내가 마지막으로 방문한 바로 그 다음 날이 될지는 꿈에도 몰랐다. 그때 그는 허약했지만 정신은 또렷했고 웃기도 하고 말도 했다.

내가 가족과 함께 주말을 보내기 위해 위스콘신에 있는 우리 가족의 산장으로 떠났을 때 그가 세상을 떠났다. 다음 날 집으로 돌아오는 길에 주말 동안 롭이 편안하게 보냈는지 알아보려고 이메일을 확인했다. 동료 간호사가 남긴 메시지가 있었다.

'오늘 롭이 세상을 떠났어요. 월요일에 사무실에 나오기 전에 알려드려야 할 것 같아 연락드려요.'

나는 그 말을 듣자마자 울음을 터트렸다. 고속도로로 진입하기 전 외진 야트막한 오르막길을 운전 중이었는데, 갑자기 수백 마리의 까마귀가 길가에서 일제히 날아올랐다. 금세 하늘은 까맣게 변했고 까마귀떼는 원을 그렸다. 나는 차를 길가에 세우고 공중에서 벌어지는 일을 지켜보았다. 생전 처음 보는 광경이었다. 5분 동안 나는 하늘에서 군무를 추는 까마귀들을 바라보면서 라디오에서 흘러나오는 노랫소리에 귀를 기울였다. 노래 가사는 이러했다.

'당신이 세상을 떠날 때 그냥 조금만 울게요, 조금만……'

다른 까마귀들보다 크지도 작지도 않은 까마귀 한 마리가 이 공중 곡예를 이끌고 있는 것으로 보였다. 나머지 까마귀들은 이 즐거운 움직임을 따르고 있었다.

'당신인가요, 롭?'

나는 궁금했다. 계속해서 까마귀들이 모두 한꺼번에 날아내려올 때까지 지켜보았다. 까마귀들은 엄청나게 큰 검은색 담요 형상으로 거의 내 차 바로 위까지 내려왔다가 커다란 무리를 지어 다시 공중으로 날아올랐다. 그 까마귀들은 롭이 나를 떠나면서 남긴 선물 같았다. 그렇게 생각하자 내 마음이 한결 가벼워졌다. 그나저나 인디언 전통에서는 까마귀가 영혼을 천국으로 안내하고 어둠에 빛을 가져온다고 믿어진다.

천국에서
천사처럼

어네스틴은 옛날 시에 나오는 쾌활한 늙은 요정 같았다. 나는 그녀를 내 이웃으로 두는 행운을 얻었다. 우리가 지은 지 100년이나 된 빅토리아식 주택으로 이사했을 때 어네스틴은 그 옆집에 산 지 40년이 넘었다고 했다. 그때 벌써 어네스틴은 나이가 아흔네 살이었지만, 그녀의 작은 집과 커다란 뜰을 혼자서 관리했다. 고령에 심각한 심장 질환을 앓고 있었으면서도 말이다.

그런데 어네스틴은 낯선 사람을 경계했다. 옆집으로 새로 이사 온 가족을 자기에게 해를 끼치지 않을 사람으로 받아들이고 친구로 지낼 때까지 몇 개월이나 걸렸다. 서로 믿을 수 있는 관계를 형성하고 나자 그녀는 내게 왜 새 이웃을 받아들이길 꺼렸는지 그 이유를 말해주었다. 어네스틴의 외아들이 제2차 세계대전에 참전했다가 실종되었는데, 그 후로 10년 동안이나 자신이 아들이라고 주장하는 남자들의 장난 전화에 시달렸다는 것이다. 내 친구가 그로 인해 겪은 고통을 말할 때 나는 그 잔혹성에 몸서리를 쳤다. 어네스틴이 왜 낯선 사람들을 피했는지 이해할 수 있었다.

그 후로 몇 년이 지났고 어네스틴은 백 번째 생일을 얼마 남겨놓지 않을 만큼 나이를 먹었다. 집을 관리하는 고된 일은 이제 힘에 부쳤다. 그러나 도움을 주겠다고 나서는 이웃들을 감사해하면서도 거절했다. 그리고 자기 스스로 느리기는 해도 부지런히 몸을 놀렸다. 우리는 어네스틴이 독립적으로 생활하고자 하는 의지를 높이 샀으나 작은 일이라도 도울 수 있는 일이 없는지 늘 지켜보았다.

어느 날 어네스틴은 꽃밭을 파다가 운 나쁘게도 땅속의 벌

집을 건드렸다. 놀란 벌들이 달려들어 그녀의 얼굴과 팔을 마구 쏘았다. 어네스틴은 현관 계단을 기어올라 겨우 집 안으로 들어갈 수 있었다. 하지만 도움을 청할 수 있었을 때는 이미 벌에게 눈을 너무 많이 쏘인 뒤라 그날 이후로 시력을 모두 잃어버렸다.

어네스틴은 이제 집 밖으로 나가 돌아다니거나 집을 관리하는 일도 할 수 없게 되었다. 따라서 다른 이웃과 나는 협약을 맺었다. 내가 앞마당 잔디를 깎고 관리를 하기로 했고, 이웃이 뒷마당 관리를 맡았다. 어네스틴도 이 제안을 감사하게 받아들였다.

어느 날 내가 잔디를 깎고 관목을 정리하는지 알리지 않았지만, 내가 일하는 동안 어네스틴은 어김없이 현관문 밖으로 몸을 내밀고 나를 향해 돈을 흔들어댔다. 매번 나는 어네스틴과 한담을 나누기 위해서만이 아니라 내 호의에 대한 대가를 거절하기 위해 잔디 깎기 기계를 멈춰야 했다. 그때 나는 간호대학에 다니고 있었으므로 어네스틴이 성화를 할 때마다 "제가 간호대학을 무사히 마칠 수 있게 기도나 해주세요"라고 말했다.

"그게 전부야?"

그녀는 물었다.

"그것도 큰 거예요."

나는 대답했다. 진심이었다.

어네스틴은 그것보다는 많은 것을 할 수 있어야 한다고 느꼈다. 내가 현장을 목격하지는 못했지만, 어떻게든 이 늙고 눈도 보이지 않는 '요정'은 자기 집 현관 계단을 내려와 자기 집 마당과 우리 집 마당을 가로질러 현관 계단을 올라와서는 우편함에 사탕봉지를 두고 가기도 했다. 작게 휘갈겨쓴 글씨의 감사노트도 두고 갔다. 내가 그러지 않아도 된다고 말하면 어네스틴은 아무것도 모르는 것처럼 말했다.

"내가 원하면 자네 아이들에게 사탕을 줄 수 있는 거지, 그렇지 않아?"

나는 어네스틴이 천국으로 직접 연결되는 핫라인을 갖고 있었다고 말할 수밖에 없다. 내가 우수한 성적으로 졸업할 준비가 되었으니까. 내 가족들이 일요일 오후에 열릴 졸업식과 간호사 캡cap을 수여받는 가관식加冠式에 참석하기 위해 왔다. 그날 나는 주름 하나 없는 흰색의 새 간호사복을 입고 옷깃에는 코르사주corsage(여성의 옷깃, 가슴, 허리 등에 다는 꽃묶음)를 꽂았다. 남편, 우리 아이들, 내 자매들, 어머니는 졸업식에 참석하기 위해 차 안으로 우르르 몰려 들어갔다. 내가 갑자기 멈춰 말했다.

"잠깐만, 곧 돌아올게. 어네스틴에게 내 모습을 보여주고 나를 위해 기도해준 것에 감사하다는 인사를 드려야 해."

내가 어떤 이유로 그 순간에 어네스틴에게 간다고 말했는지는 모르지만, 그렇게 한 것이 천만다행이었다. 나는 종종걸음으로 내 다정한 이웃의 현관문으로 가서 초인종을 울렸다. 그런데 "오, 도와주세요. 도와주세요"라고 외치는 소리가 희미하게 들려왔다.

집 옆쪽으로 달려가 보니 어네스틴이 땅바닥에 쓰러져 있었다. 현관에서 넘어져 땅바닥으로 굴러떨어진 지 한참 된 모양이었다. 어네스틴의 몸 위로 개미가 기어다니고 그녀의 얼굴은 땀으로 범벅이 되어 있었다. 나는 얼른 그녀를 안심시키고 몸에서 개미들을 털어준 다음 내 가족을 향해 소리쳤다.

"병원에 전화해, 지금 당장!"

2분 내로 응급 구조대가 도착해 어네스틴을 병원으로 이송했다. 나는 어네스틴의 집 구석구석을 잘 알았으므로 딸의 전화번호와 입원할 때 도움이 될 먹고 있는 약 목록을 찾아낼 수 있었다. 나는 그녀에게 작별 인사를 하고 가족에게 돌아갔다. 이제 감정이 차분해졌고 흥분도 좀 가셨다. 채 한 시간도 남지 않은 졸업식에 우리 가족은 간신히 도착했다. 졸업식은 훌륭했지만 그날 내내 내 마음은 어네스틴에게 가 있었다. 어네스틴은 심장병 합병증으로 다음 날 아흔아홉 살의 나이로 세상을 떠났다. 나는 그녀를 다시 볼 수 없었다.

나는 종종 자기 집 뜰 땅바닥에 쓰러져 혼자 두려움에 떨고 있던 어네스틴을 발견한 그날을 생각한다. 그 아슬아슬한 순간에 내가 하얀 드레스를 입고 옷깃에는 꽃을 꽂은 채 나타났을 때 어네스틴은 무슨 생각을 했을까? 내 뒤로는 햇빛이 쏟아지고 있었을 것이다. 비록 그때 어네스틴의 눈은 보이지 않았지만, 새로 눈뜬 마음의 눈으로 나를 보고 있었을 것이다.

내가 이런 말을 하는 것은 그녀 곁으로 다가갔을 때 그녀의 눈과 입이 크게 벌어졌던 것을 기억하기 때문이다. 거기에는 천사라도 본 듯한 경이감에 가까운 놀라움이 담겨 있었다. 나는 영원히 어네스틴이 공포감 속에서 생각한 것이 바로 그것이었기를 희망한다. 그녀의 겁에 질린 표정이 거의 그 즉시 차분해졌기 때문에 그런 희망을 품어도 좋을 것 같았다.

나는 어네스틴의 장례식 날에 가족이 그녀의 집에 올 거라고 믿고 그 전날 저녁 무렵에 그녀의 집 뜰 잔디를 단정하게 깎았다. 도로 쪽 잔디를 깎다가 고개를 들어 하늘을 보니 어네스틴의 집 앞 전체가 황금빛으로 휩싸여 있었다. 어네스틴의 집 왼쪽에 있는 우리 집이나 오른쪽 옆집은 남겨두고 오직 어네스틴의 집만 환히 빛났다.

그 빛이 어디서 나오는지 확인하기 위해 집 가까이 다가갔을 때 태양이 어네스틴의 집과 곧장 일직선으로 있는 길 건너편 집의 2층 창문을 비추고 반사되는 것을 보았다. 그 광경은 태양이 하늘 저 멀리로 지면서 몇 분밖에 지속되지 않았다. 나는 그 빛줄기를 보면서 어네스틴이 내가 공부하는 내내 그리

고 졸업식 날까지 나를 위해 기도해주겠다는 약속을 지킨 후
에 떠나고 있다고 느꼈다.

죽음이 우리를
갈라놓을 때까지

마거릿이 자신의 아픈 남편을 방문한 나를 현관에서 맞아주었다. 큰 키에 날씬하고 우아한 외모를 가진 그녀는 영화배우 캐서린 헵번을 닮아 보였다. 호리호리한 몸매에 단정하게 올린 머리를 한 모습이 시골에서 곱게 자란 예쁜 소녀를 보는 듯했다. 마거릿의 외모와 몸가짐은 그녀가 여든다섯 번째 생일을 앞두고 있다는 사실을 무색하게 만들었다.

그녀는 건강 상태도 매우 좋아서 혼자서도 남편을 돌볼 수 있었지만, 딸들이 한사코 어머니를 돕겠다며 나선다고 했다. 나는 마거릿이 자녀들에게서 애정 어린 도움을 받고 있다는 말에 반가웠다. 그런 도움이 있어야 간병자가 잠시라도 환자에게서 벗어나 신선한 공기를 쐴 수 있고, 환자를 돌보는 일이 장기전이 될 경우라도 오래 버텨낼 수 있을 테니 말이다.

의사는 환자의 예후를 짐작해 말해줄 수 있다. 질병이 있는 상태로 얼마나 잘 살아갈 수 있을지, 대략 얼마나 오래 버틸지 같은 것들이다. 그러나 실제로 환자는 그 예측치의 양 끝 어디에 있을지 모른다. 어떤 환자는 예상보다 훨씬 더 이르게 끝에 도달하고 어떤 환자는 훨씬 더 오래 버텨낸다. 질병이 오래 끄는 경우 환자를 돌보는 사람에게 어마어마한 짐을 안기게 된다. 우리는 환자와 마찬가지로 환자를 돌보는 사람도 염려하지 않을 수 없다.

가족 중 누가 질병에 무릎을 꿇으면 간병자가 해야 할 일은 많고 또 오랜 시간 일해야 한다. 환자를 돌보는 일은 밤과 낮, 하루 24시간, 일주일 내내 이어지므로 교대해줄 사람이 필요하다. 침대에서 나올 수 없지만, 환자가 침실에 혼자 고립되어 있고 싶어 하지 않으면 병원침대를 거실이나 가족이 공동으로 쓰는 방에 내놓을 수 있다. 그렇게 되면 식사 시간이나 누군가가 방문했을 때 환자가 중심이 될 수 있다. 이동 변기, 침구, 침대 테이블, 약품 테이블과 서랍장, 실금을 처리한 기저귀, 상처 치료 용품, 보행 보조기나 휠체어, 그 외에도 의존적인 환자를 돌보는 데 필요한 더 많은 용품을 갖춘 그 방은 침실, 식당, 병실의 성격을 모두 갖게 될 것이다.

온종일 해야 하는 환자 간병 목록에는 환자 목욕 시키기, 옷 갈아입히기, 자주자주 환자 돌려 눕히기가 포함된다. 침대 옆에 둔 이동 변기로 환자를 옮겨주거나 화장실에 데려가기 위해 휠체어에 태워야 하는 것도 만만치 않은 일이다. 환자의 피부에 욕창이 생기지 않게 하려면 기저귀와 침구도 자주 갈아주어야 한다. 이미 욕창이 생겼다면 상처 치료도 해주어야 한다. 환자의 식사를 챙기는 일과 약을 먹이는 일도 정해진 시간대로 해야 하고, 그 긴 간병 시간 중에 사랑과 지지도 더해져야 한다. 이 모든 일은 흔히 볼 수 있는 간병자 소진증후군 caregiver burnout으로 이어질 수 있다.

마거릿이 나를 메이슨에게 안내했다. 그는 집 뒤쪽 유리 칸막이로 막아진 포치porch(건물의 입구나 현관에 지붕을 갖춰 비바람을 피하도록 만든 곳)에 있는 소파에 앉아 있었다. 유리창을 통해 온갖 종류의 꽃과 관목이 파노라마처럼 내다 보였다. 뜰 주변에는 수많은 종류의 새가 지저귀었고, 새 모이통이 가지런히 놓여 있었다. 숲속에서 캠핑하는 느낌이 들게 하는 곳이었다. 마거릿과 메이슨은 여름 내내 거기서 살았다. 매일 밤 소파 베드를 펼쳐놓고 귀뚜라미와 곤충들이 내는 합창소리에 둘러싸여 잠을 청했다.

메이슨은 언뜻 한 번 본 것만으로도 매우 아프다는 것을 알 수 있었다. 살날이 몇 주 아니 며칠밖에는 남지 않은 것으로 보였다. 그의 세 딸이 그를 둘러싸고 서서 옷깃을 펴주고 입을 맞추고 부드러운 목소리로 그에게 말을 걸었다. 그의 코에는 산소 튜브가 걸쳐져 있었지만, 그의 호흡은 여전히 거칠었다. 그가 나를 향해 가볍게 웃었다. 그는 자신이 곧 죽을 것이라는 사실을 알고 있다고 아무렇지도 않게 말했다. 자신은 준비가 되었다고 했다. 그의 딸들은 울음을 터트렸고 마거릿은 가만히 옆에 서서 모든 것을 이해한다는 듯 고개를 끄덕이면서 그의 등을 도닥였다. 나는 방 안에 병원침대가 없는 것을 보고 메이슨에게 병원침대를 들여놓길 원하는지 물었다. 그는 단호히면서도 부드럽게 말했다.

"오, 천만에요. 마거릿과 나는 언제나 여름이면 여기 밖에 나와서 잠을 자는 걸요. 우리는 언제나 함께 잡니다."

나는 마음이 바뀌면 언제든지 말을 해달라고 했다. 그날 방문을 끝낼 때 주말이 지난 다음 다시 방문할 테니 메이슨을 더 편안하게 해줄 것이 있으면 그때 말해달라고 했다. 약속한 대로 월요일 아침에 방문했을 때는 딸 케이티가 나를 맞아주었다. 그녀는 울고 있었는지 얼굴이 붉게 부어 있었다. 그녀가 말했다.

"소식 들으셨나요?"

사무실에서 사망고지를 받지는 못했지만, 나는 메이슨이 세상을 떠났음을 직감하고 그녀에게 말했다.

"몇 시에 돌아가셨나요?"

케이티가 대답했다.

"우리도 정확하게는 몰라요. 우리가 아침에 도착했을 때 어머니는 이미 돌아가신 후였어요."

"어머니라고요?"

케이티는 내가 놀라서 묻는 것을 보고 이렇게 말했다.

"네, 어머니요. 어머니가 어젯밤에 돌아가셨어요. 아버지는 어머니 몸에 팔을 두르고 옆으로 누워 계셨죠."

나는 케이티가 하는 말을 믿기 어려웠다.

"어머니는 어젯밤 우리를 앉혀놓고 말했어요. '딸들아, 나는 너희 아버지 없이는 단 하루도 살 수 없단다, 알겠니? 부탁하건데 그 사실을 잊지 말아줘.'"

오늘 아침 가족은 장의사가 마거릿의 시신을 데려갈 수 있도록 메이슨을 다른 방으로 옮겼다. 그러나 아버지에게 사랑하는 아내가 세상을 떠났다는 사실을 어떻게 알려야 할지 알 수 없었다. 케이티는 어찌할 바를 몰랐으므로 내가 그 일을 맡기로 했다. 그런데 나도 그 말을 도대체 어떻게 꺼내야 할지 알 수는 없었다.

메이슨은 소파에 몸을 푹 파묻고 있었다. 그의 숨소리는 그 어느 때보다 힘겹게 느껴졌고 피부는 무척 창백했다. 그를 깨우기가 어려웠다. 단 몇 분도 명료한 상태를 유지하기가 힘들어 보여 그도 임종이 가까웠다는 것을 알 수 있었다. 나는 그의 손을 잡고 부드럽게 말했다.

"메이슨, 제가 슬픈 소식을 전해야만 해요. 마거릿이 간밤에 세상을 떠났습니다."

그는 아무런 표정의 변화도 없이 조용히 말했다.

"저도 알아요. 그녀가 떠날 때 느낄 수 있었어요. 그녀가 저를 기다리고 있습니다."

메이슨의 말은 내게 여러 가지 생각을 불러일으켰다. 자기의 반쪽 없이는 살아갈 수 없을 정도로 사이가 좋은 부부는 서로의 영혼이 단단히 연결되어 있는 것은 아닌지 궁금했다. 메이슨은 침착하고 고요하게 인생 여정의 끝에 다가가고 있었다. 그날 내내 메이슨이 마거릿과 이야기를 나누면서 낄낄거리는 소리를 들을 수 있었다. 그가 물었다.

"지금, 어디 있어?"

"거기는 어때?"

그러고는 마거릿의 대답에 귀를 기울이고 있는 듯 잠시 침묵을 지켰다. 마침내 그가 말했다.

"나도, 곧 가."

메이슨의 딸과 사위들은 마거릿의 장례 준비를 위해 그리고 메이슨의 장례도 미리 준비하기 위해 장례식장에 가야 했다. 그들이 집으로 돌아올 때까지 내가 메이슨 곁에 있기로 했다. 가끔씩은 죽어가는 사람이 혼자서 죽고 싶어 하거나, 그래야 할 필요가 있는 경우가 있다. 죽음이 임박했을 때 가족이나 배우자는 며칠이나 심지어는 몇 주를 침상 옆을 지킨다. 한 사람이 일어서면 다른 사람이 앉는 것으로 누군가가 항상 환자와 함께한다. 환자는 종종 한 발은 천국에 놓고 한 발은 여기에 둔 채 여정을 마무리하지 못하고 머무적거린다. 그러다가 가족이 아주 잠깐 화장실에 다녀오거나 전화를 받기 위해 방을 나간 사이, 방에 아무도 없을 때 조용히 숨을 거둘 기회를 얻는다.

또한 죽음의 순간에 함께하는 사람이 아주 가까운 사람이 아닌 경우도 많다. 이 모든 상황을 감안할 때 나는 환자가 사랑하는 사람과 연결된 정서적 탯줄을 갖고 있다고 생각했다. 사랑하는 사람이 곁에 있고 그 탯줄이 질길 때 환자는 떠나기가 어렵다. 평화롭고 고요하게 홀로 정신을 하나로 모을 수 있을 때, 몸이 사랑으로 다른 사람에게 묶여 있지 않을 때 훌훌 털어버리기가 쉬울지 모른다. 이런 이유로 우리는 종종 가족과 사랑하는 사람에게 환자에게 선택권을 주라고 말한다. 얼마 동안 같이 있어 주고 또 얼마 동안은 혼자 있게 해주라는 것이다. 그래야 환자가 자신에게 가장 평화로운 방식으로 죽음을 선택할 수 있다.

그날 새벽 마거릿이 조용히 놀랍도록 빠르게 떠나버린 것을 보고 나서 나는 가족들에게 집을 나서기 전에 아버지에게 마지막 인사를 하는 것이 좋겠다고 말했다. 딸과 사위들이 차례로 메이슨의 침상으로 와서 아버지를 안고 입을 맞추면서 작별 인사를 건넸다. 임종 환자가 꼭 들어야 할 가장 중요한 메시지인 "우리는 아버지가 떠나야 한다는 것을 알아요, 괜찮아요"라는 말과 함께.

가족이 떠난 지 채 15분도 되지 않아 메이슨의 호흡은 20초에서 40초의 호흡 정지가 있는 임종 호흡 양상으로 바뀌었다. 임종이 곧 일어날 징후였다. 나는 5분 동안 곁에 머물면서 그가 쉽게 떠날 수 있도록 기도를 올렸다. 그런 다음 메이슨은 조용히 떠났다. 나는 장례식장에 있는 케이티에게 전화를 걸어 그 소식을 전했다. 케이티는 전화벨이 울렸을 때 이미 알았다고 했다. 이틀 후에 두 사람의 장례식이 동시에 치러졌고, 메이슨과 마거릿은 65년 전에 처음 만난 이후로 늘 옆에 있었던 것처럼 함께 묻혔다.

"정말로 2층에
가야 해요"

내가 호스피스 간호사가 된 지 얼마 되지 않았을 때 제임스를 돌보게 되었다. 그는 심한 아일랜드 사투리를 쓰는 아흔두 살의 신사였다. 수정처럼 파란 눈에 눈처럼 하얀 머리카락이 곱슬곱슬한 그의 모습은 꼭 늙은 레프러콘leperchaun(아일랜드 민화에 나오는 남자 모습의 작은 요정)처럼 보였다. 그는 심부전증이 심각한 상태여서 침대에서만 지냈다. 그의 간병인은 가끔씩 그가 정신이 명확하지 못하고 불안 증상을 보인다고 말했다. 어느 날 방문했을 때 그는 몹시 초조해하면서 침대에서 몸부림을 했다. 그가 조용히 속삭이는 소리로 말했다.

"나, 2층에 좀 가야 해요."

그의 간병인이 말했던 그 혼동 증상으로 보였다. 나는 그의 작은 단층집을 둘러보고는 부드럽게 말했다.

"제임스, 당신 집에는 2층이 없어요."

그때는 그가 조용히 입을 다물었다. 그렇지만 다음에 방문했을 때 또 고집을 부렸다.

"나, 정말로 2층에 좀 가야 해요."

그가 지금 어린 시절 살던 집을 생각하고 있는 것인가, 아니면 그가 살았던 다른 집을 말하는 것인가? 나는 그의 이마와 손을 쓰다듬으면서 그를 안심시켰다.

"좋아요, 그렇지만 여기에는 2층이 없어요."

제임스는 임종에 가까운 것으로 보였지만, 며칠 후까지도 그는 여전히 머뭇적거리면서 더욱 안절부절못했다.

어느 날 밤 나는 침대에 누워 지금까지 배운 환자를 편안하게 해줄 수 있는 방법을 모두 생각해보았다. 약은 물론이고 환

자에게 편안함을 제공할 모든 의학적 수단을 검토했다. 아무리 생각해보아도 내가 제임스를 편안하게 해주기 위해 할 수 있는 일은 다한 것 같았다. 그러나 그는 불안해하고 초조해했고 임종 과정에서 미적거리고 있었다. 그러던 차에 번갯불처럼 내 마음에 떠오르는 것이 있었다.

'2층! 그는 내게 천국에 가고 싶다고 말하는 거야!'

그날 밤 나는 내가 제임스에게 해주지 못한 그 한 가지 일에 붙들려 거의 잠을 이루지 못했다. 그가 떠나도록 허락해주는 것이었다. 그는 그의 죽음을 확인받기를, 떠나도 좋다는 허락을 기다리고 있었던 것이다.

다음 날 아침 제임스의 집에 도착했을 때 그의 간병인은 그가 밤새 안절부절못했다고 말했다. 손을 공중으로 뻗어 올리고 침대에서 내려오려고 했다는 것이다. 나는 잠시 그의 손을 붙잡고 조용히 말했다.

"제임스, 이제 2층으로 올라가도 좋아요."

거의 그 즉시 그의 초조한 행동은 멈추었고, 한 시간 후 그는 천국으로 가는 계단에 올라섰다.

그 초짜 호스피스 간호사 시절 이후로도 나는 환자들이 상징적인 언어로 자기가 곧 떠날 것임을 암시하는 말을 자주 들었다.

"내 갈색 여행 가방을 끈으로 묶는 걸 잊지 말아요."

"택시를 불러주세요."

"항구에 배가 도착했어요."

"내 여행 가방은 다 챙겼나요?"

이것은 임종을 앞둔 사람들이 자신의 영적인 여정을 준비하면서 우리에게 했던 말들이다. 내가 믿기로는 그들이 자신이나 뒤에 남기고 갈 사람들의 마음에도 더 부드럽고 덜 위협적으로 들릴 말을 고른 것인 듯하다. 이에 대한 적절한 반응은 그가 떠날 것임을 알고 있다고 확인해주는 것이다. 또한 그것은 그들의 죽음을 허락해주는 일이기도 하다.

"당신이 준비를 끝내면 여행 가방도 다 꾸려질 거예요."

"배는 당신을 두고 떠나지 않을 거예요."

"택시는 제시간에 올 겁니다."

아니면 간단하게 "당신이 그리울 거예요"라고 말해주어도 좋다. 호스피스 간호 중에 나는 가족에게 사랑하는 사람이 임종을 맞을 때 그런 식의 말을 해주면서 적절히 반응할 수 있어야 한다고 가르친다. 나중에 가족은 "당신 말이 맞았어요!"라고 하면서 사랑하는 사람의 중요한 요구를 이해하고 예상할 수 있게 해준 것에 대해 감사의 마음을 전한다.

사랑에
빠지다

환자들은 모두 제각각 다르다. 나이도 다르고, 생김새, 키와 체중, 성격도 각자 다르다. 물론 일하는 사람에게는 온순하고 조용한 성격의 환자가 가장 편하다. 이런 환자들은 보통 우리가 환자를 위해 세운 간호 계획에 잘 따른다. 의료인이 요구하고 제안하는 것에도 잘 협조한다. 이런 환자를 돌보는 일은 보통 유쾌하고, 이들이 보이는 문제도 아주 사소한 것이거나 어렵지 않다.

그러나 나는 열정에 넘치는 환자라도, 예전에도 그랬고 앞으로도 마찬가지로 기꺼이 맡겠다. 그들은 여러 가지 면에서 만만치 않은 상대지만, 그만큼 재미있기도 하다. 나는 이런 환자들에게 그들의 바람 잘날 없고, 좀 위협적이기까지 하며, 독특한 개성을 지킨 것에 대해 존경과 사랑을 보낸다. 설령 그들의 삶이 끝에 이르렀어도 말이다.

어떤 당뇨병 환자는 사탕을 먹고 그 증거를 없애기 위해 그 사탕 상자를 부서버렸다. 그리고 내 눈을 똑바로 쳐다보면서 자기 혈당이 왜 그렇게 올라갔는지 자기는 절대로 모른다고 잡아뗐다. 아주 추운 겨울날에도 침실 창문을 열어두지 않고는 못 살겠다는 환자가 있었는데, 사실 그는 창밖으로 머리를 내밀고 담배를 피우려고 그런 술수를 쓴 것이었다. 그렇게 하면 다음 날 내가 방문했을 때 담배 피운 것을 모를 것이라고 확신하면서 말이다. 물론 그것은 그의 착각이었다. 심각한 폐질환을 앓는 어떤 환자는 급성 호흡곤란을 호소하면서 전화를 했는데, 그녀는 단지 32도가 넘는 무더운 날씨에 뒤뜰에서 외바퀴 수레에 흙을 담아 날랐을 뿐이라고 말했다.

이런 환자들은 분명 자신이 살아온 방식대로 죽음을 맞을

테지만, 나는 그들이 삶을 여기까지 이끌어온 열정을 사랑한다. 그들의 말마따나 삶의 끝에 도달할 때까지 다친 곳 하나없이 모든 것을 완벽하게 그대로 갖고 가길 원하는 사람은 없을 것이다. 당신도 아주 한바탕 멋지게 살아서 상처 나고 멍들고 혹이 나고 주름진 채로 삶의 끝에 도달하고 싶지 않은가?

로렌은 CBS 텔레비전 프로그램 〈그 가격이 맞습니다The Price is Right〉(1972년부터 현재까지 방영되고 있는 프로그램으로 생활용품이나 자동차 등의 가격을 정확하게 맞추는 출연자에게 상금을 준다)의 밥 베이커와 사랑에 빠졌다. 텔레비전에서 그 프로그램이 방송되고 있을 때 내가 방문하면 광고가 나올 때까지 나는 구석에 앉아 기다려야 했다. 그 잠깐 동안 로렌은 급하게 나를 부르는 동작을 취하고는 소매를 걷어 올려 혈압을 재게 했다. 프로그램이 다시 시작되면 다음 광고가 나올 때까지 나는 조용히 앉아 있어야 했다. 그리고 이어서 짧은 2분 광고 동안 다음 할 일을 서둘러 마쳐야 했다.

내가 일을 광고 시간보다 길게 끌면 로렌은 말도 하지 않고 엄한 얼굴로 구석 의자를 가리켰다. 로렌은 나를 말썽꾸러기

학생이 된 기분으로 만들었다. 한 시간이 지나도록 나는 그날 방문 동안 해야 할 일을 끝내지 못한 채 "쉬~"라는 말만 수도 없이 듣고 있어야 했다. 로렌이 사랑해 마지않는 사람이 텔레비전에서 말을 하고 있었기 때문이다.

다른 임종 환자들이 죽은 후에 자신의 창조자를 만날 일을 기대에 차서 기다리는 동안 로렌이 눈빛을 빛내면서 하는 이야기라고는 온통 '누구'를 직접 만날 수 있지 않을까 하는 바람이었다. 그 사람은 그녀의 심장을 뛰게 만드는 밥 베이커였다. 사람들이 평생 살아온 그대로의 삶을 늙어서까지 변함없이 지속하는 것을 보면 놀랍다. 살날이 얼마 남지 않았다는 말을 들었고, 자신이 그런 사실을 느끼고 있더라도 말이다.

그 충격이 가시고 나면 그들은 다시 텔레비전 쇼에 몰입하고, 부엌 커튼을 만들고, 로맨스 소설을 읽는다. 우리가 그 시나리오의 주인공이었다면 일상을 계속할 능력이나 전에 열정을 갖고 하던 일을 계속할 능력을 완전히 잃어버리게 될 것 같은데 말이다. 그것이 사실인 경우도 있지만, 이런 상황에서 내가 만난 사람들은 금방 다시 정신을 차렸다. 그들은 어지러운 생각은 툴툴 털어버리고 얼마의 시간이 남았든지 방해물을 최소화하고 남은 생을 살아가고자 했다. 이제 남은 삶은 질병이 신체에 가하는 고통으로 인해 전보다는 많이 단순하게 되겠지만, 자기 생을 전과 다름없이 계속해나간다.

나는 다른 시간대에 로렌을 방문하기로 다시 계획을 세웠지만 소용이 없었다. 로렌은 그 프로그램을 녹화해두고 보고 또 보았으니까. 거의 하루 종일 그 프로그램만 보았다. 나는 이것이 무척 불편했지만, 자기 눈으로 직접 사랑하는 스타를 보게 될 것이란 기대에 부푼 여든여섯 살 할머니에게는 그만한 가치가 있는 일이었다. 로렌을 돌보는 동안 나는 꽤 능숙하게 재빨리 간호를 해낼 수 있게 되었다. 그녀는 자기 행동을 사과하는 법은 절대로 없었고 그럴 필요도 없었다. 그녀는 원래가 그런 사람이었다.

어느 날 밤 로렌은 아주 단호하게, 어떤 요란도 떨지 않고, 그녀의 그 간단명료한 방식 그대로, 그냥 잠자리에 들어 세상을 떠났다. 그러고는 다시는 적어도 이 땅에서 밥 베이커나 나를 만나지 못했다.

말괄량이
길들이기

레티는 기억에 남지 않을 수 없는 사람
이었다. 나이는 여든 살이었고 내 턱에도 못 미치는 키에 몸무
게는 지푸라기 빗자루만큼밖에 나가지 않았으나 강적이었다.
몸 크기만으로 봐서는 전혀 짐작도 할 수 없을 만큼의 의지력
으로 똘똘 뭉쳐 있었다. 레티는 결혼한 적이 없었고 자녀를 두
지도 않았다. 아주 오래전에 가족을 떠나 대서양을 건너 저 멀
리 영국에서 왔다. 아파트에서 고양이 한 마리와 함께 산다고
했지만, 우리와 마찬가지로 그 고양이도 그녀가 무서웠는지

나는 몇 개월 동안 고양이를 한 번도 보지 못했다.

레티의 조카인 개빈이 근처에 살고 있는 유일한 친척이었다. 그는 레티가 건강을 잃었을 때 의료적인 문제를 결정하고 경제적인 권한을 행사할 대리인으로 지정되는 마땅찮은 행운을 누렸다. 나는 개빈이 성인聖人으로 공표되었더라도 즉각 그 사람이 누구이고 왜 그가 그런 영광을 입었는지 알았을 것이다. 또한 생각해볼 것도 없이 당장 그가 그럴 만한 자격이 충분히 있다며 수긍했을 것이다.

나는 그녀의 퉁명스러운 대우로 자신감에 상처를 입고 그 집을 나온 일이 한두 번이 아니었다. 개빈은 나보다 훨씬 더 많은 시간을 그녀와 보내면서 그녀의 불평을 모두 견뎌야 했다. 내 귀에는 아직도 그의 차분하고 온화한 목소리가 들리는 것 같다. 레티가 사사건건 자신의 규칙이 침범 당했다고 여기고 고함을 지를 때 그가 "잠깐만요, 고모님……"이라고 말하는 소리를 들었다.

그녀의 상태를 알아보기 위해 처음 방문한 날 레티는 딱 부러지는 영국 악센트로 나를 야단쳤다.

"바른 자세로 앉아요. 그렇지 않으면 허리가 휠 거야!"

그녀의 인상이 얼마나 위협적이던지 나는 내 나이가 오십이나 되었고, 다 큰 어른이라는 사실로 맞설 생각은 감히 하지 못했다.

두 번째 방문했을 때 그녀는 내 손을 찰싹 때렸다. 내가 잰 혈압이 마음에 들지 않았기 때문이다. 그녀는 내 손을 때리면서 명령했다.

"다시 재요!"

그리고 세 번째도 다시 찰싹 때렸다. 그녀가 자신이 마음에 드는 숫자를 들었더라면 아마 내 간호 일지에 그것을 적으라고 명령했을 것이다. 그러나 그 대신에 "이런, 당신은 나를 아주 속상하게 만들었어요. 혈압을 재는 게 무슨 의미가 있느냐고요, 안 그래요?" 하고 책망했다.

다음번 방문 때 그녀는 내가 공손한 태도를 보이려고 '좋아요'라는 말을 너무 자주 쓴다고 지적했다. 그것은 '명백한 지적 능력 부족'이라고도 말했다. 다음번 방문했을 때는 "얼른 시작해요!" 아니면 "당신이 그 느려빠진 사람 맞지요, 안 그래요?"라는 말로 인사를 대신 했다. 레티와는 제대로 할 수 있는 일이 아무것도 없었거나, 아니면 그런 상황으로 보였다.

그러던 어느 날 갑자기 아무런 명백한 이유도 없이, 그녀는 바로 내 눈앞에서 사람이 완전히 변해버렸다. 아마도 내가 매번 현관문 앞에 서서 초인종을 누를 때마다 '주여, 제발 저 여인이 저를 괴롭히지 않게 해주소!', 아니면 더 자주 '주여, 제가 레티를 이해할 수 있게 도와주소서'라고 기도를 올린 덕분이었을까? 레티는 웃기 시작했고 눈에 눈물도 반짝였다. 그녀에게 그런 모습이 있을 거라는 것은 꿈에도 생각해보지 못했다.

어느 날 그녀는 개빈에게 폴라로이드 카메라를 사달라고 고집을 피웠다. 그것을 손에 넣자 그녀는 자신을 방문하는 사람들에게 자기와 같이 사진을 찍자고 했다. 그녀는 컴퓨터 화면을 다 차지하게 사진을 확대하는 방법도 배워서 방문객이 다시 오면 그것을 보여주었다. 절대로 사진을 찍지도 않았을뿐더러 까다롭기가 이를 데 없는 레티에게 이런 일은 아주 특이한 행동이었다. 이렇게 새 사람이 된 레티는 더 자주 웃었고 긴장을 늦추고 삶을 즐기기 시작했다. 나도 그녀를 사랑하기 시작했다.

레티는 만성적이고 심각한 만성 폐쇄성 폐질환으로 호스피스 간호를 받고 있었다. 몇 개월 후부터 레티의 상태는 악화되었다. 그녀는 더는 고집을 피우고 저항하면서 모든 문제를 자기 식대로만 밀고나갈 에너지를 잃은 것으로 보였다. 더 심각하게는, 사진 찍는 일도 중단했다. 레티는 하루가 다르게 쇠약해지고 순해져서 대부분의 시간을 잠으로만 보냈다. 그러던 어느 금요일, 내가 방문을 마치고 이제 그만 돌아가서 월요일에 다시 들르겠다고 말하자 그녀가 흐느끼기 시작했다. 처음으로 내가 자기 손을 잡는 것도 허락했다. 그녀가 말했다.

"내가 그동안 좀 많이 못되게 굴었어요. 그래도 당신은 내게 정말로 친절했어요. 나는 당신이 정말로 좋아요. 하지만 월요일에는 내가 여기 없을 거예요. 나는 내일 세상을 떠날 거니까요."

나는 레티를 안아준 다음 그녀가 잠이 들자 조용히 방을 나왔다. 고집 센 영국인 성격 그대로 레티는 다음 날 정말로 잠을 자다가 조용히 숨을 거두었다. 나는 눈을 반짝이며 웃고 있는 레티의 사진을 아직도 간직하고 있다. 그 사진을 자주 들여다보면서 내가 가장 좋아했던 괄괄한 할머니를 추억한다.

늦은 밤의
작별 인사

호스피스 돌봄을 받기 시작했을 때까지
도 리처드는 자기가 평생 살아온 방식 그대로 독립적이고 권
위적인 사람이었다. 그는 해군 전투기 조종사로 제2차 세계대
전에도 나갔고, 그 후로는 존경받는 형사와 중서부 대도시의
경찰 병력을 이끄는 경찰대장으로 봉직했다. 물론 그에게는
할 이야기가 많았지만, 실제로 그가 그런 이야기를 하는 경우
는 드물었다. 군인과 경찰 시절 겪은 일들에는 많은 고통도 따
랐기 때문이다. 가끔씩은 자신 안에 잠들어 있던 경찰 기질이

튀어나와 이런 말을 뱉기도 했다.

"나는 거짓말을 알아낼 수 있도록 훈련받았으니까 대답할 때는 내 눈을 똑바로 봐요."

그를 대할 때면 나는 언제나 행동을 조심했고, 거짓된 것이 들통 나지 않도록 진실 되게 행동했다.

리처드가 아직 기력이 남아 있던 시절에는 방문객이 오면 느닷없는 질문을 던지기도 했다. 단순히 자기 질문에 상대편이 움찔하는 것을 지켜보는 즐거움을 위해서였다. 그는 내게도 몇 번이나 그런 계략을 꾸몄다. 내가 어쩔 줄 몰라 하는 것을 보고 그는 웃음을 터트리며 "괜찮아요, 그냥 농담한 거예요"라고 말했다. 나는 그가 자신이 경찰관일 때 갈고닦은 기술을 녹슬지 않게 하고 그 과정에서 재미를 찾으려는 것이라고 여겼다. 그러나 그는 짜증을 잘 내고 퉁명스러우면서도 내가 집을 나올 때마다 "조심히 다니세요!"라고 부드럽게 인사하는 것을 잊지 않았다.

리처드가 파킨슨병으로 호스피스 돌봄 서비스를 받던 그 3년 동안 우리는 강인하고 단호하던 남자가 점점 힘을 잃어가는

모습을 보았다. 주변 환경은 물론이고 사업과 자신의 몸이 마음먹은 대로 되지 않는 것에 자신감을 잃어가는 모습을 지켜보았다. 나는 그가 자신의 상태가 악화되어가는 것을 실제적으로 깨달아가고 있다는 현실이 정말로 서글펐다. 그는 화를 냈다가 슬퍼했고, 곧 또 후회하고 씁쓸해했지만 그 모든 상황을 받아들이지 못했다. 우리는 어떻게 하면 그가 자신의 병과 삶에 대해 성찰하고 받아들일 수 있게 도울 수 있을까 하는 것을 고민했다.

리처드는 갑자기 세상을 떠났다. 결국에는 그 고약한 노인을 좋아하게 된 우리는 그 누구도 그가 세상을 떠나는 순간 함께하지 못했다. 그날 아침 일찍 그가 숨을 거두었다는 소식을 알리는 전화를 받았을 때 나는 눈물을 흘렸고 하루 종일 상실감에 시달렸다.

그날 밤 당직이었던 나는 다른 환자를 방문한 후에 집으로 가기 위해 자동차를 몰았다. 모퉁이를 돌았을 때 내 차 뒤에서 붉은 등과 파란 등을 켠 경찰차가 따라오는 것을 보았다. 어떻게 된 일인지 몰라 나는 자동차를 멈추고 생각했다.

'무엇을 어떻게 해야 하는 거지?'

젊은 경찰관이 자동차 창문으로 다가와서는 내 눈에 플래시라이트를 비추었다. 그가 말했다.

"안녕하십니까, 그런데 왜 헤드라이트를 켜지 않고 운전을 하는 거죠?"

그제야 놀라서 보니 그의 말이 옳았다. 나는 기름을 넣기 위해 자동차의 시동을 껐다가 헤드라이트 켜는 것을 잊어버렸던 모양이라고 설명했다. 내가 그 말을 채 끝내기도 전에 그가 다시 물었다.

"어디서 기름을 넣었죠?"

나는 그런 질문까지 받게 될 줄은 생각도 못했으므로 순간 대답할 말을 잃었다. 나는 말을 얼버무렸다.

"아, 저 뒤에, 그러니까, 있잖아요, 세차장이 있는 주유소요. 저기 모퉁이에 있어요."

나는 몹시 허둥거렸다. 그가 느닷없이 웃음을 터트리면서 말했다.

"괜찮아요, 그냥 농담한 거예요."

그는 내가 어디 사는지 물었다. 나는 여전히 당황스러운 마음에 말 대신 손가락으로 길 아래쪽을 가리켰다. 그가 말했다.

"그냥, 조심히 다니시라고요. 그리고 좋은 밤 보내세요."

그가 손가락으로 내 자동차 창문을 두 번 두드리고는 얼굴에 커다란 미소를 지은 채 멀어졌다. 그의 미소 속에서 나는 리처드의 모습을 보았다. 그가 내게 마지막 작별 인사를 보낸 것인가?

"그는 다른
은하계로 갔어요"

　　나는 사후에 일어나는 일에 대해 나만의 굳은 믿음을 갖고 있다. 육체가 더는 살아 있지 않다는 자명한 사실 외에도 사후에 일어날 수 있는 일에 대한 믿음은 아주 많은데, 이런 믿음은 크게 두 부류로 나뉘는 것 같다.

　　그 첫 번째 부류에는 영혼을 믿는 사람들이 속한다. 이들은 우리 영혼이 천국이나 다른 쉴 곳으로 간다고 믿는다. 우리 영혼이라는 불티가 신이라는 불꽃으로 돌아간다고 믿는 것이다. 아니면 우리 영혼이 다시 이 세상으로 돌아오기 위해 다른 몸을 선택한다고 믿는다. 이 세상에서 다른 삶을 살면서 더 많은 배움을 얻기 위해서 태어나는 것이다. 어느 경우가 되었건, 영혼을 믿는 사람들은 죽은 후에 영혼이 갈 수 있는 '다른 곳'이나 '더 나은 곳'이 있다고 결론 내린다.

두 번째 부류에는 어떤 형태의 영적 존재도 믿지 않는 사람들이 속한다. 여기에 속한 사람들은 육체는 한 번 죽으면 모든 것이 끝난다고 말한다. 혹시 영혼이 있더라도 그것이 몸과 함께 죽는다는 것이다. 심지어 나는 죽은 다음에는 '커다란 블랙홀' 외엔 아무것도 없다고 말하는 사람도 만났다.

호스피스 간호사로서 나는 어떤 주제에 대해서도 내 생각이나 믿음으로 다른 사람에게 영향력을 줄 권리는 없고, 그럴 생각도 없다. 특히 영성이나 종교에 대해서라면 더욱더 그렇다. 이것을 지키는 일은 매우 중요하며 내가 언제나 명심하고 있어야 할 일이다. 다른 사람의 믿음을 존중해야 하고, 설령 내가 그들의 생각에 동의하지 않거나 이해할 수 없더라도 그들에게 내 믿음을 강요해서는 절대로 안 되기 때문이다.

그러나 때로는 그것이 어려운 일로 느껴지기도 한다. 바로 이런 경우다. 평생 동안 사후에 일어나는 일에 대한 믿음을 '커다란 블랙홀'로 표현했던 데니스는 삶의 벼랑에 섰을 때 결코 좋아 보이지 않았다. 그는 생의 마지막 날들을 보내면서 무척 괴로워했다. 자신이 반드시 죽어 사라진다는 사실을 받아들이지 못했고, 사후 세계에 대한 끝없는 궁금증으로 늘 불안해했다.

이런 환자를 앞에 두고 내가 어떻게 그 간단하지만 위안이 되는 내 믿음을 나누고 싶지 않겠는가. 죽음을 전혀 두려워할 필요가 없게 만들어주는 믿음을 어떻게 전하겠는가. 그러나 나는 사랑의 손길과 강인한 마음의 교감이 그 일을 대신 해주기를 기도했다. 환자들은 종종 죽은 후에 일어나는 일들을 이렇게 말하기도 한다.

"아무 일도 일어나지 않는다. 우리는 그냥 흙으로 돌아간다."

"우리는 타락 이전의 에덴동산으로 돌아간다."

"우리 영혼이 신성한 인도를 받기 위해 신에게 돌아간 후 몇 개월 아니면 몇 년 후에 우리는 다른 몸으로 다시 태어난다. 그것으로 우리는 더 나은 우리가 되고, 더 신을 닮을 수 있는 기회를 얻는다."

"선한 일을 했느냐 악한 일을 했느냐에 따라 우리는 영원히 머무를 천국이나 지옥으로 간다."

"우리는 어떤 종류가 되었건 살아 있는 것으로 다시 태어난다. 우주의 특별한 시각을 이해하기 위해 벌레나 동물로 태어날 수도 있다."

"우리는 우주의 별이 된다."

"우리는 마침내 존재하거나 존재했던 모든 것과 우리가 연결되어 있음을 이해한다."

"이 삶 이후에는 아무것도 없다. 우리 몸이 썩으면 우리는 영원히 사라진다."

"우리 몸이 죽으면 우리 영혼은 에너지로 남는다."

어느 날 밤, 나는 전에 본 적이 없는 한 남자의 임종에 와달라는 연락을 받았다. 몹시 어질러진 작은 방 안으로 들어섰을 때 나는 벽에 여러 행성의 포스터와 허블 망원경으로 찍은 사진들이 붙어 있는 것을 보았다. 은하 지도, '신의 눈' 성운, 은하수, 토성 주위를 돌고 있는 형형색색의 가스층 사진도 있었다. 잡지들까지 여기저기 널려 있는 이 방은 한눈에 보기에도 하늘의 별을 관찰하는 취미를 가진 사람의 방이었다.

나는 고인의 아내에게 남편이 얼마나 오래 병을 앓았는지 물었다. 그녀는 남편이 6년 전에 폐암 선고를 받았다고 했다. 그가 병으로 오래 고생했다는 것을 알고 나는 이제 그가 아프지 않고 '더 나은 곳'으로 간 것이 축복이라고 말했다. 그것이 위안의 말이라고 생각했다. 그런데 갑자기 부인이 내게 고개를 돌리더니 내 두 손을 꼭 잡고 눈을 치켜뜨면서 이렇게 물었다.

"오, 정말이세요? 그럼 그가 정확히 어디에 있죠?"

정중하면서도 날카로운 질문이었다. 내 말에 악의가 없었다고 믿었으므로 나는 그녀의 질문에 좀 놀랐다. 나는 내가 개인적으로 믿기에는, 그가 창조자인 신에게, 천국을 의미하는 우리 영혼의 고향으로 돌아갔다고 말했다. 그녀가 눈을 더 크게 뜨고 방금 들은 말을 믿지 못하겠다는 듯 말했다.

"와우! 당신은 참 말도 안 되는 소리를 하는군요!"

이제 나도 궁금증이 일어 그녀에게 그러면 남편이 어디로 갔다고 생각하느냐고 물었다. 그녀가 즉각 대답했다.

"물론, 그는 다른 은하계로 갔어요."

나는 내가 호스피스 간호사로 일하면서 사람들이 사후 세계에 갖고 있는 믿음에 대해 아직 충분히 다 알지 못하고 있다고 깨달았다.

제3장

오늘이
인생의 마지막
날이라면

결국, 당신이 받게 되는 사랑은
당신이 베푼 사랑과 같을 겁니다.

— 비틀스The Beatles(영국 록 밴드)

마음을 합해 서로 지지해주는 가족을 보면 언제나 감동스럽다. 그러나 말기 질병을 앓는 환자가 있는 가정에서는 가족끼리 서로 힘이 되어주기가 언제나 쉽지만은 않다. 이런저런 일들이 생겨 좋은 의도로 한 일이나 도움을 주려던 일을 망쳐놓기 일쑤다. 정서적으로 힘든 시간에 케케묵은 문제와 과거의 상처가 다시 튀어나와 가족을 갈라놓기도 한다. 이런 상황에서는 팀워크가 필요하지만 여러 가지 이유로 그것이 더욱 어려워진다. 많은 사람이 질병이 만드는 풍경과 냄새를 불편해하고, 죽어가는 사람과 상호작용하기 어려워한다. 어떻게 행동해야 하고 무슨 말을 해야 할지 모르기 때문이다. 그렇게 되면 가족이 힘을 모으는 대신 멀어지기를 선택하기 쉽다. 가족이 의사에게 받은 진단을 받아들이지 않는 경우도 있다. 따라서 호스피스 간호사가 종종 떠맡게 되는 임무 가운데 하나는 그 말을 가족 앞에 꺼내놓아 모두가 죽음을 준비하게 해주는 것이다. 모든 사람이 죽음에 대해 말을 하고, 긴장을 풀도록 도와주는 것이다.

세상에서
가장 안타까운 것

　　　　　작은 체구에 다정한 성품을 지닌 프랭클린은 평생 류머티즘 관절염을 앓았지만, 그것으로도 모자라 대장암 진단까지 받는 불행을 당했다. 거기에 설상가상으로 다발성 골수염을 앓는 여자와 결혼을 했다. 프랭클린은 자기 몸도 마음대로 움직이지 못하는 처지에 아내를 돌봐야 했다. 결국에는 아내의 임종을 지켰고, 그 후로 몇 년 동안 그도 호스피스 돌봄을 받게 되었다.

　　프랭클린은 '여호와의 증인'을 믿었는데 자기 자신의 삶과 세상을 자신의 신앙으로만 바라보았다. 호감을 주는 성품에 더해 그가 가진 장점은 아무리 큰 문제라도 아주 단순하게 보는 것이었다. 그는 자기만의 단순한 방식으로 세상의 온갖 악과 그것을 바로잡을 방법에 대해 사람들과 토론을 벌이는 것을 즐거워했다. 그는 병으로 집 안에만 갇혀 지냈으므로 그가 세상과 접하고 실제적인 조언을 얻을 수 있는 유일한 창구는 인터넷이었다. 직장을 잃었거나 운이 다한 사람에 대해서 그는 이렇게 말했다.

"그의 이웃 모두가 나서서 돈, 음식, 신발, 옷과 그들이 가진 모든 것을 나누어 그 가족을 돌봐야 합니다."

부패한 정치계에 대해서는 "오직 정직한 사람만이 지도자가 될 수 있어야 합니다. 누군가가 그들이 가진 원칙을 시험해서 정직한 사람만이 정치를 할 수 있게 해야 해요"라고 말했다. 전쟁에 대해서는 "모든 사람이 잠시 무기를 내려놓고 서로 악수를 하면 대화로 문제를 해결할 수 있어요"라고 말했다. 프랭클린이 어느 날은 이런 말을 했다.

"내가 테러리스트들에게 이메일을 보냈어요. 갖고 있는 돈을 폭탄 만드는 데 쓰지 말고 가난한 사람들에게 보내달라고 정중하게 부탁했답니다."

그가 테러리스트들을 어떻게 찾아냈을까? 그의 조언들이 어리석게 들릴 수도 있지만, 그것이 프랭클린이 세상을 보는 매우 순수하고 단순한 방식이었다.

프랭클린은 아내가 세상을 떠난 후로 처제와 조카와 함께 살았다. 우리는 그의 암이 악화되었을 때 그의 집을 2년 동안 방문했다. 그 집에는 작은 개 네 마리도 함께 살았다. 플로이드와 포포라는 이름을 가진 네 살 된 비숑 프리제 두 마리와 빌보라는 이름을 가진 여덟 살 된 브뤼셀 그리폰 한 마리와 신데렐라라는 이름을 가진 열네 살 된 치와와 한 마리였다. 프랭클린은 그 개들을 무척 사랑했지만, 그들을 돌보기도 힘들었다. 관절염 통증으로 앉았다가 일어서는 것조차 힘들고, 걸음걸이도 불안정하고 경련이 일어 그가 걷는 것을 보면 기묘한 춤을 추는 것처럼 보였기 때문이다.

나는 프랭클린이 바닥까지 끌리는 흰색의 목욕 가운을 입고 간식으로 개들을 유혹하기 위해 요상하고 멋진 걸음걸이로 뽐내며 걷는 것을 가장 오래도록 기억한다. 개들도 그를 아주 좋아해서 그의 발밑으로 모여들고 그가 가는 곳마다 졸졸 따라다녔다. 그 장면은 꼭 그가 '피리 부는 사나이'가 된 것 같았다. 프랭클린은 다가오는 자신의 죽음에 대해서는 침착했다. 하지만 자기 없이 개들이 어떻게 살아갈지에 대해서는 한탄을 했다. 그는 거의 울먹이면서 말했다.

"저 아이들은 이해하지 못할 거예요."

그는 개를 자신의 아이들이라고 불렀고, 개들을 두고 떠나는 것만이 유일한 안타까움이었다.

프랭클린이 세상을 떠난 지 한 달쯤 지났을 때였다. 나는 다른 호스피스 환자의 집을 방문 중이었는데, 텔레비전에서는 낮 시간 프로그램이 방송되고 있었다. 내가 막 일을 시작하려고 청진기를 꺼내는데 아나운서가 오늘 초대 손님은 뒤파제동물보호소에서 나온 셰리라고 말하는 소리가 들렸다. 내가 사는 곳이 뒤파제카운티였고, 내 딸과 손녀가 모두 그 동물보호소에서 자원봉사를 하고 있어 내 귀가 번쩍 띄었다. 초대 손님 셰리는 입양 가정을 찾는 애완동물 몇 마리를 데리고

나왔다고 했다.

갑자기 텔레비전 화면이 털이 보송보송하고 턱수염이 난 것 같은 우스꽝스러운 브뤼셀 그리폰 얼굴로 채워졌다. 나는 그 개를 보면서 빌보와 똑같이 생겼다고 생각했다. 셰리가 이 개는 여덟 살인데 이름은, 세상에나, 빌보라고 말했다. 내 입이 떡 벌어졌고 심장은 쿵쾅거렸다. 프랭클린이 사랑해마지 않았던 개들이 결국은 동물보호소로 내몰린 것이었다.

환자 방문을 끝내고 차로 돌아가면서 호스피스 접수원으로 일하는 올리비아가 몇 개월 전에 브뤼셀 그리폰 한 마리를 데려왔던 것이 생각났다. 올리비아는 그 개 렉스를 매우 좋아했고 같은 종을 키우는 친구들도 몇몇 있었다. 나는 기도를 올리면서 얼른 그녀의 전화번호를 눌렀다. 올리비아에게 입양해 줄 가정을 기다리는 브뤼셀 그리폰 한 마리가 있는데, 우리 호스피스 돌봄을 받다가 최근에 세상을 떠난 환자가 기르던 개라고 말해주었다.

올리비아가 "제가 키울게요!"라는 말을 했을 때 나는 너무 기뻐 잠시 말이 나오지 않았다. 다음 날 아침 그녀와 그녀의 남편은 빌보에게 좋은 소식을 전하기 위해 갔고 빌보에게는 집이 생겼다. 또한 프랭클린의 처제가 신데렐라를 키우기로 했고, 포포와 플로이드는 동물보호소에 있다가 일주일 전에 입양이 되었다는 소식도 들었다.

나는 프랭클린이 원하던 일들이 모두 이루어졌다고 느꼈고, 그가 스스로 다하지 못한 일을 내가 마무리했다고 느꼈다. 내 마음에는 프랭클린이 천국의 새 집에서 빌보와 포포와 플로이드와 이 개들의 정다운 새 집을 흐뭇한 미소로 내려다보고 있는 모습이 그려졌다.

"내 말을 좀
들어봐요"

      죽음을 앞둔 환자는 두고 가야 할 사랑하는 사람이 죽음에 준비가 되어 있는지 알고 싶어 한다. 환자의 가족과 친구들은 이러한 임종 과정을 잘 알고, 그 사람에게 떠나도 좋다고 허락해주는 것이 적절하고 유익하다. 그런 허락의 말이 "당신이 가버리면 많이 그리울 거예요"와 같은 솔직한 심정이어도 좋다. 아니면 덜 분명하고 덜 고통스럽게 "무슨 일이 일어나든 나는 괜찮을 거예요"라고 말할 수도 있다. 어떤 식이 되었든 그 표현에는 나는 당신이 가야만 한다는 것을 알아요, 그래도 괜찮아요'라는 의미가 담겨야 한다.

밥의 이야기는 몇 번을 들어도 지겹지 않았다. 그는 우리 지역에 사는 몇 안 되는 제1차 세계대전 참전 용사인데, 기자들이 와서 인터뷰도 몇 번이나 했다. 그는 자신과 전우들이 전쟁 중에 겪은 많은 일을 들려주었다. 그가 유럽에서 겪은 전투 이야기를 할 때는 늙고 주름진 그의 얼굴이 반짝였다. 가끔씩은 이야기를 하다가 눈물을 흘리기도 했다. 밥은 여러 가지 재주도 많았다. 건축가이자 설계사였고, 또 무엇을 만들기도 잘했다. 그가 사는 집도 손수 지었다. 그 집에서 그는 아내 비비언과 우아하고 안락하게 살았다.

비비언은 여든일곱 살의 멋쟁이 할머니였다. 할리우드 밖에도 이런 멋쟁이가 있나 싶을 만큼 아름다웠다. 그녀는 아직도 머리를 흑단 같은 검은색으로 염색하고 눈썹과 아이라인에는 문신을 했다. 옷도 최신 유행 패션만을 고집했고 완전히 검은색과 흰색만 입었다. 밥이 암에 걸렸다는 소식을 듣고 비비언은 몹시 충격을 받았지만, 남편의 병에 무척 씩씩하게 대처했다. 밥이 피곤하다고 말하면 그녀는 "일어나세요! 일어나서 부지런히 돌아다녀요! 그러면 기운이 날 거라고요"라고 말했다. 자기 앞에서 죽음 이야기를 꺼내면 벌떡 일어나서는 "지금 당장 해야 할 일이 있어요" 하고 방을 나가버렸다.

한번은 밥이 내게 죽고 싶지 않다고, 비비언을 실망시키고 싶지 않다고 털어놓았다. 그는 자신의 병이 몹시 심각하다는 사실을 비비언이 받아들이지 않아 그녀가 무방비 상태로 자신의 임종을 치러야 할 것이라고 염려했다. 나도 그의 말이 옳다는 것을 알았다. 비비언은 자기가 보고 싶지 않은 일이 있을 때 눈을 돌려버리는 데 선수였다.

내가 아무리 밥의 건강 상태가 악화되었다고 일러주어도 비비언은 금방 정원일, 요리, 여행 같은 다른 주제로 화제를 돌려버렸다. 밥의 나빠진 상태가 눈에 뻔히 보이는 데도 그녀는 봄이 되면 둘이서 크루즈 여행을 떠나는 환상을 꿈꾸었다. 다른 사람들에게는 밥이 다시는 봄을 맞지 못할 것이란 사실이 불을 보듯 뻔한 데도 말이다.

밥은 이제 너무 약해져서 침대에서 나오지도 못했다. 사실상 그는 침대에서 자기 몸을 돌려 눕지도 못했다. 그의 몸을 돌려 눕혀주자 그가 내게 등을 보인 채 물었다.

"비비언이 여기 있나요?"

비비언은 내 옆에 서 있었다. 나는 그렇다고 대답하고 이제 곧 벌어질 중요한 일을 기다렸다. 그는 군인답게 권위적인 어조로 명령을 내렸다. 목소리도 우렁찼다.

"내 말을 좀 들어봐요. 나는 떠나야만 해요. 나는 곧 떠나야만 한다고요. 이제 머물러 있을 수가 없어요. 비비언, 내 말을 듣고 있어요?"

나는 비비언을 바라보았다. 그녀의 눈은 커졌고 입술은 떨리고 있었다. 지금 비비언이 달려가 숨을 곳은 없었고, 그녀도 그것을 알았다. 나는 부드럽게 그녀를 침대로 가까이 다가가게 하고는 고개를 끄덕이며 밥에게 뭐라고 대꾸하도록 격려했다. 그러자 그녀가 밥의 어깨에 손을 올려놓고 말했다.

"당신 말 들었어요. 당신이 말한 것, 괜찮아요."

밥의 굳었던 몸이 풀어졌다. 그러고 나서 10분도 되지 않아 그는 잠을 자듯 눈을 감았다. 그가 과거에 훌륭한 군인이었듯이 그는 자기 부대가 죽음을 준비할 시간을 주었던 것이다.

공중 부양
연습

레아의 가족은 모든 문제를 서로 터놓고 의논했고 감추는 것이 없었다. 레아는 예순일곱 살이었고 운동도 열심히 했다. 몇 개월 전까지만 해도 일주일에 며칠을 하루에 10킬로미터도 넘게 달렸지만, 우리가 염려했던 일 같은 건 일어나지 않았다. 지난 6월에 받은 유방 촬영술 결과도 정상이었다. 하지만 9월에 오른쪽 고관절 통증이 있어 병원을 찾았다가 유방암이 고관절과 뇌로 전이되었다는 진단을 받았다. 그 후로 레아는 방사선 치료와 화학 치료를 받았지만, 암은 공격적으로 퍼져나갔다. 이제 그녀는 죽음을 준비하고 있었다.

호스피스 간호사로 일하는 동안 나는 남녀를 막론하고 민둥머리를 아주 많이 보았고, 이제는 민둥머리가 아름답다고 생각하기에 이르렀다. 민둥머리일 때 아무것도 걸치지 않은 그 사람의 참신한 본질이 드러난다. 머리카락이 덥수룩하게 덮고 있어 몰랐던 두상頭相도 사람마다 모양과 크기가 참 제각각 다르다는 것이 눈에 보인다. 질병이나 치료로 느닷없이 머리카락이 없어졌을 때 남자가 여자보다 덜 심각하게 상황을 받아들이는 것 같다. 여자들은 가발을 쓰거나 멋지고 화려한 꽃무늬 스카프를 머리에 기가 막히게 둘러 민둥머리를 가린다. 아니면 간단하게 멋진 귀걸이를 걸기도 한다. 그러나 레아는 아무것도 하지 않았다. 그래도 그녀는 놀랍도록 아름다웠다.

레아의 가족도 아주 훌륭했다. 레아가 암으로 진단 받은 후에 가족은 더 단단히 뭉쳤다. 남편은 보험 혜택을 받기 위해 낮에는 직장에 나가고 밤이면 레아를 돌보았다. 레아에게는 자매가 네 명이나 있었는데 그들 모두 아니면 몇이 날마다 레아와 함께 있어 주었다. 레아는 암이 뇌로 전이되어 심한 현기증이 있었고 고관절로 전이된 암으로 인해 걸을 수 없었다. 내가 레아를 처음 만났을 때 그녀는 그 모든 증상으로 인해 침대에 몸져누워 있었고, 네 자매가 모두 곁에 있었다.

내가 방으로 들어갔을 때 네 자매는 레아가 누운 침대 네 귀퉁이에 서서 각각 이불보를 붙들어 올리고 있었다. 그렇게 레아가 매트리스에서 30센티미터 정도 공중에 떠 있는 가운데 네 여자는 조용하게 웃음을 터트렸다. 내 얼굴에 이게 웬 소란인지 궁금하다는 표정이 역력했던 모양이다. 레아의 막내 동생이 설명했다.

"언니가 침대에 누워만 있어서 몸이 뻐근하대요. 그리고 죽은 후에 몸이 떠오르면 어떤 기분일지 경험해보고 싶다고 했어요. 그래서 우리가 하루에 몇 번씩 언니를 이불보에 태워 공중에 띄워줘요."

자매들의 이런 다정하고 세심한 배려에 내 마음이 다 뭉클했다. 나는 레아가 뇌종양으로 시력의 95퍼센트를 잃었다는

것을 모르고 있었다. 시신경이 눌려서 생긴 결과였다. 레아는 눈앞에서 지나가는 움직임만 겨우 감지했고 사물은 알아볼 수 없었다. 내가 가까이 다가가 나를 소개하자 레아가 말했다.

"나는 당신을 볼 수 없어요. 더 가까이 와주세요."

그녀가 내 손을 잡아 자기 침대 가까이로 나를 잡아당겼다. 그런 다음 두 손을 내 얼굴로 가져와 손가락으로 이마에서 턱까지 얼굴의 모든 곳을 더듬었다. 그녀가 더듬기를 마치자 미소를 지으면서 말했다.

"이제, 당신을 볼 수 있어요."

그런 다음 나는 내 일을 시작했다. 그 후로도 매번 레아를 방문할 때마다 나는 처음 방문했을 때와 다름없는 자매들 간의 우애와 단결된 지지를 보았다. 자매들 중 한 사람은 요리를 했다. 정성 들여 스튜를 끓이고 맛있는 냄새가 나는 디저트를 만들었다. 레아는 식욕이 없었고 몸은 극도로 쇠약해져서 자매들이 무엇을 만들어오더라도 몇 입밖에는 먹지 못했다. 그래도 자매들은 노력을 멈추지 않았다. 레아가 음식 냄새만이라도 즐길 수 있다면 그녀를 위해 요리를 할 가치가 있다고 했다. 이들의 공중 부양 연습도 계속해서 이어졌다. 레아는 언제나 나를 볼 수 있게 가까이 와달라고 했다.

레아가 세상을 떠난 날 마침 내가 당직이어서 연락을 받았다. 가족은 장례도 잘 치러냈다. 처음부터 레아의 죽음에 잘 대비했고, 몇 개월 동안이나 레아의 마지막 날들을 편안하고 애정에 넘치고 추억할 것이 많게 해주었다.

레아의 임종 방문을 마치고 집에 도착한 시간은 새벽 5시였다. 이제 막 떠오르는 태양을 지켜볼 수 있는 맞춤한 시간이었다. 다시 잠을 청하기 위해 침대로 가기에는 너무 늦었고 출근 준비를 하기에는 너무 일렀다. 나는 침대에 누워 레아와 레아가 이제 막 떠난 여행을 생각했다. 정말로 하늘로 떠올랐을 때의 느낌이 그녀가 상상한 그대로이길 바랐다. 그 순간 나는 레아의 손가락이 마지막으로 내 얼굴을 더듬는 것을 느꼈다. 내 정신은 멀쩡했고 무슨 착각을 한 것도 아니었다.

같은 날
함께 떠나다

죽음은 삶의 일부이고, 모든 사람은 결국 사랑하는 사람이 세상을 떠나는 일을 겪기 마련이다. 어린이에게도 자연스럽게, 아니면 다른 더 소박한 방식으로 죽음을 지켜보게 하는 것이 좋다. 그것이 나중에 자기가 좋아하는 누군가를 잃는 일을 준비하게 도와줄 것이기 때문이다. 정원에서 발견한 죽은 두꺼비, 둥지에서 떨어진 아기 새, 병이 들거나 나이가 들어 죽은 애완동물을 위해 어린이가 마련한 공들인 장례식은 다들 본 적이 있을 것이다. 어린이가 있는 집의 뒤뜰에서는 나뭇가지와 끈으로 만든 작은 십자가나 크레용으로 애완동물 이름을 적은 돌을 흔히 볼 수 있다.

지닌은 예순다섯 살의 나이로 세상을 떠났다. 비교적 젊은 나이였지만, 지닌은 여섯 자녀의 어머니이자 열네 명이나 되는 손자와 손녀의 할머니였다. 지닌의 자녀 중 한 명은 여러 가지 선천성 기형을 갖고 태어났다. 남자 아이였는데 열두 살까지 살다가 부활절 다음 날 세상을 떠났다. 그래서 지닌의 가족에게 매년 부활절은 떠난 아이를 추억하는 날이 되었다. 부활절이면 가족은 그 아이를 추억할 수 있는 일을 하면서 보냈다.

비록 암은 악화되었지만, 지닌도 또렷한 의식으로 가족과 캘리포니아에서 와준 동생들과 함께 아름다운 부활절을 즐겼다. 침대에서 나온 지닌이 휠체어를 타고 커다란 식탁에 함께 앉아 있는 가운데 가족 모두 웃고 떠들면서 명절을 즐겼다. 부활절 다음 날 오전에 지닌은 상태가 악화되어 숨을 거두었다. 오래전 어린 아들이 세상을 떠났던 바로 그날이었다. 가족들이 그를 기억하고 그도 가족의 삶에 함께하도록 예비해두었던 날이다.

지닌이 떠난 날, 자녀들과 그들의 배우자들은 모두 지닌의 집에 모여 있었다. 지닌의 딸 한 명은 할머니가 세상을 떠나기 전에 볼 수 있도록 태어난 지 이제 한 달밖에 안 된 딸을 데려왔다. 지닌의 가장 어린 손녀였다. 나는 지닌이 숨을 거둔 직후 그녀의 집에 도착했다. 가족에게 장례 절차를 설명했다. 그들에게 내가 부엌으로 가서 임종을 알리는 전화를 거는 동안 어머니와 마지막으로 소중한 시간을 함께하라고 했다. 내가 방을 나가면서 아기가 잠들어 있는 유모차를 들여다보고 엄마에게 아기의 이름이 무엇인지 물었다. 엄마가 대답했다.

"아기 이름은 로즈 지닌이에요."

지닌이란 이름이 나오자 아기는 눈을 뜨고 방 안의 모든 사람이 볼 수 있게 방긋 환한 웃음을 지었다. 그것은 아기의 첫 웃음이었고 가족과 나는 꼭 그날 할머니 이름이 말해진 그 순간에 아이가 첫 웃음을 터트린 것에 경이감을 느꼈다.

"저 여자
탓이에요"

       우리의 공식적인 호스피스 팀은 우리가 '사도들'이라고 부르는 네 사람으로 구성되는데, 모두 환자와 그 가족에게 돌봄을 제공하는 데 없어서는 안 될 각 분야의 전문가들이다. 간호사는 환자에게 필요한 모든 의료를 책임지는 관리자다. 의사의 눈과 귀처럼 행동하고, 환자의 증상을 효과적으로 관리해야 하며, 환자의 마지막 길에 생길 수 있는 여러 가지 문제를 예상할 수 있어야 한다. 이 임무의 마지막은 환자 가족을 교육하는 것이다. 환자 간병에 서툴고, 종종 꺼리기까지 하는 가족에게 안전한 투약법을 비롯하여 가정 간호의 모든 측면을 잘 수행할 수 있게 가르치는 일은 매우 중요하다.

사회복지사는 온화한 경청자나 노련한 상담가가 되어주고 아울러 지역사회 서비스와 가족의 요구를 연결해주는 역할을 한다. 종교지도자는 환자와 가족이 어떤 교파이든 평온하게 현실을 받아들일 수 있도록 영적인 지원을 제공한다. 간호조무사는 환자를 목욕시키고 옷을 갈아입히며 면도를 해주는 것과 같은 여러 가지 환자의 안위를 도모하는 데 귀한 도움을 준다.

이런 역할들 간의 경계가 필요에 의해 흐려지는 경우도 종종 생긴다. 환자가 갑자기 "저는 몇 년 동안이나 교회에 가지 못했기 때문에 죽는 것이 두려워요"라고 말할 때 거기 있는 사람이 목사가 아니라 간호조무사인 경우도 있을 것이다. 환자가 "시원하게 목욕을 하면 기분이 정말 좋을 것 같아요"라고 말할 때 옆에 있는 사람이 간호사인 경우도 있다. 또한 환자가 통증이 있다고 호소할 때 간호사가 아니라 사회복지사나 목사가 옆에 있을 수도 있다. 모든 호스피스 팀 구성원이 서로 소통하면서 일해야 환자를 연속성 있고 가장 편안하게 돌볼 수 있다.

호스피스 팀에는 환자들을 전담하는 전문가들만큼이나 없어서는 안 될 또 다른 귀중한 구성원이 있다. 바로 자원봉사자다. 봉사자의 종류와 수는 다양하고, 이들은 사회 각계각층에서 온다. 여성 변호사가 자기 아버지가 환자였을 때 호스피스 돌봄을 받은 것에 감사해 자기도 무언가 보탬이 되고자 시간을 내어주기도 한다. 젊은 의과 대학생이 나중에 의사가 되어 임종 환자를 진단하고 치료하기 전에 죽음을 맞이하는 환자가 겪는 일이 무엇인지 알고 싶어 오기도 한다. 음악가가 음악을 누릴 시간이 별로 남지 않은 환자를 위해 자기가 가진 재능을 나누길 원할 수도 있다.

봉사자들은 환자 가족 중 어린아이를 돌봐주기도 하고 환자의 침상 곁에 앉아 책을 읽어주기도 한다. 집 밖으로 나갈수 없는 환자를 위해 머리카락을 잘라주기도 하고, 경황이 없는 가족을 대신해 시장을 봐주기도 하며, 도서관에서 오디오

북을 대출해주기도 한다. 호스피스 돌봄을 받는 가족에게 필요한 일이라면 어떤 일도 너무 사소한 일이거나 너무 큰 일이 될 수 없다. 환자와 가족은 호스피스 봉사자들의 진정으로 나누고자 하는 마음에 매우 고마워하고 애정을 느낀다.

엘리너는 여든네 살에 목숨까지도 위험했던 치명적인 뇌졸중을 당했다. 신경과 의사는 그녀의 상태가 회복 불가능하다고 선언했다. 엘리너는 더는 자기 집에서 살 수 없어 능숙한 간호 인력이 있는 요양원으로 옮겨졌다.

내가 엘리너를 찾아간 첫날, 그녀는 아무런 표정도 없는 얼굴로 눈을 감고 누워 있었다. 나는 조용히 다가가 엘리너를 깨우기 위한 몇 가지 방법을 써보았다. 그러나 엘리너의 눈은 떠지지 않았고 피부 상태를 보기 위해 몸을 옆으로 돌려 뉘여도 호흡 양상은 변하지 않았다. 그다음 달에도 내내 엘리너는 반응을 보이지 않았다. 그러나 나는 다정한 목소리로 엘리너에게 날씨와 식사 메뉴를 말하고, 나를 행복하게 했거나 웃게 만들었던 이야기를 계속해서 들려주었다.

다시 강조하지만, 나는 치매나 다른 인지능력에 제한이 있는 환자, 심지어는 혼수상태에 있는 환자라도 정신이 온전한 사람을 대하듯 하라고 말한다. 반응을 할 수 없다는 것이 들리는 말을 이해하지 못한다는 의미는 아니다. 단지 몇 초에 불과하더라도, 나는 환자들의 마음에서 안개가 걷히는 일이 일어나는 증거를 수없이 보았다. 치매나 혼수상태에 있던 환자가 때로 주변에서 들려오는 소리에 대답을 하거나 되묻는 일이 있지 않은가.

엘리너의 여동생 메리 루는 엘리너보다 일곱 살이 어렸다. 메리 루는 어릴 적부터 귀가 들리지 않아 엘리너는 동생의 수호천사이자 가장 친한 친구가 되어주었다. 둘 다 결혼을 하거나 자녀를 두지 않았고 엘리너가 뇌졸중을 겪기 전까지 평생을 함께 살았다. 이제 메리 루는 같은 은퇴자 아파트의 2층에 살았고, 엘리너는 24시간 간호를 받을 수 있는 요양원에 있었다. 나는 뇌졸중으로 인해 외부와 소통하지 못하고 갇혀 있는 엘리너를 보는 것과 언니가 깨어나기를 간절히 기도하면서 날마다 지치지도 않고 언니 침상 곁을 지키는 메리 루를 보는 것 중에 어느 쪽이 더 슬픈 일인지 알 수 없었다.

엘리너는 뇌졸중을 당한 지 몇 주 만에 천천히 깨어나기 시작했다. 그 일이 매우 느리게 일어나서 내가 상상하고 있는 것은 아닌지 의심해야 했다. 어느 날 엘리너의 눈꺼풀이 떨렸고, 또 어느 날에는 손가락들이 퍼졌다. 그런 다음에는 메리 루와 다른 많은 사람이 오랫동안 기다렸던 미소도 보였다. 처음에는 엘리너가 생각을 하고 말을 하는 것이 느렸지만 서서히 나아지고 있었다.

메리 루와 나는 엘리너의 사고 작용을 부추기기 위해 단어 게임과 스펠링 게임을 비롯해 그와 비슷한 종류의 다른 게임들을 하기 시작했다. 그녀의 상태는 호전되었다. 엘리너가 뇌졸중을 당한 이후로 처음 의사가 방문한 날이었다. 우리는 엘리너가 얼른 단어를 이해하게 돕기 위한 단어 게임을 하고 있었다. 의사는 자기가 본 것을 믿기 어려워했다. 그가 진찰을 하고는 "음, 엘리너는 회복하고 있는 것 같아요!"라고 말했다. 그 말에 엘리너는 엄지를 내 쪽으로 들어올리고 웃으면서 대꾸했다.

"이게 모두 저 여자 탓이에요."

비록 엘리너의 지적 능력이 개선되었고 유쾌한 성격이 돌아왔다고 해도 걷거나 일어설 수는 없었다. 양팔의 근육은 심각하게 약해졌고 계속해서 폐와 요도에 감염이 생겼다. 몇 초에서 몇 시간 동안 지속되는 일과성 허혈 발작(뇌의 일부에 일시적으로 혈액 공급이 중단되면서 뇌졸중 증상이 발생하는 질환)도 자주 일어났다. 엘리너는 모든 요구를 다른 사람에게 의존해 해결해야 했지만, 자신이 여전히 살아 있는 것이 행운이라고 느꼈다. 물론 메리 루는 이런 기적적인 변화에 몹시 들뜨고 기뻐했다.

호스피스 봉사자 두 명이 엘리너를 도왔다. 그들은 자신들이 메리 루의 봉사자이기도 하다고 말했다. 엘리너와 메리 루는 서로 떼어놓을 수 없었기 때문이다. 화요일 오전 자원봉사자 중 한 사람인 캐시는 엘리너를 휠체어에 태워 두 자매가 생활하는 요양원의 응접실로 옮기는 것으로 하루 일과를 시작했다. '만남의 장소'라고 불리는 그곳에서 캐시는 빵이나 과자로 다과상을 마련해 원하는 사람은 누구나 참석할 수 있는 즉흥적인 다과 모임을 열었다. 머지않아 열 명 남짓한 단지 내

거주민들이 음료 같은 것을 들고 모여들어 이 모임은 그들의 주중 활동 가운데 하나로 자리 잡았다.

다른 자원봉사자 캐럴라인도 토요일 오전에 맛있는 요리를 깜짝 준비해 같은 일을 하기 시작했다. 엘리너와 메리 루는 축복 속에서 지낼 수 있었다. 봉사자들은 둘을 놓고 요란을 떨면서 둘에게 사회적인 활동을 할 수 있는 기회를 제공했다. 엘리너는 뇌졸중을 당한 후로 새로운 사람을 만날 기회가 없었지만, 두 자원봉사자 덕분에 사교 모임에 참여할 수 있었다. 두 자원봉사자는 이 환경에서도 생일 파티와 크리스마스 모임을 정성스럽게 준비했고, 엘리너와 메리 루가 가져보지 못했던 가족이 되어주었다.

엘리너는 호스피스에서 졸업할 때까지 이런 즐거움들을 만끽했다. 엘리너의 상태가 엄밀하게 말해 의학적 도움이 필요하지 않게 되었고, 호스피스 돌봄을 받을 필요가 없게 된 것이다. 그녀는 나와 사회복지사, 목사와 간호조무사의 보살핌을 받을 수 없게 되었다. 우리는 몹시 서운해하면서 엘리너와 메리 루에게 작별 인사를 고했다. 그러나 그녀의 두 자원봉사자는 둘을 지속적으로 방문해 돌봐주었고, 두 자매가 몹시도 즐기던 우정과 사회적인 만남을 제공했다.

엘리너가 호스피스 돌봄에서 퇴원한 지 18개월 후에 그녀의 상태는 악화되기 시작했다. 그녀의 나이는 이제 여든아홉 살이었고, 고령의 환자들이 흔히 그렇듯 몸 상태는 계속해서 나빠졌다. 자원봉사자들이 계속해서 메리 루를 도우며 일주일에 두 번씩 다과 모임을 열었지만, 엘리너는 파티를 하는 동안 의자에서 잠이 들거나 그 모임에 나오지 못하는 일이 많아졌다.

다행스럽게도 그동안 호스피스 팀은 메리 루가 자신이 가장 사랑하는 언니이자 가장 친한 친구를 보낼 준비를 할 수 있게 도와줄 충분한 시간을 가졌다. 캐시는 2개월 전에 이사를 갔지만, 두 사람에게 전화로 지속적으로 연락을 해왔다. 캐럴라인은 계속해서 일주일에 한 번씩 잊지 않고 메리 루를 찾아왔다.

크리스마스 직전 어느 조용한 겨울날, 엘리너는 그녀의 마지막 숨을 내쉬었다. 세상을 떠나는 순간 메리 루의 손과 함께 그녀의 헌신적인 자원봉사자 캐럴라인의 손을 꼭 쥐고 있었다. 호스피스 팀에 순수하고 너그러운 마음으로 자신의 시간을 아낌없이 내어주는 이런 천사들이 있다는 것이 얼마나 큰 축복인지 모른다.

천국보다
낯선

어느 주택 단지에 있는 작은 아파트 문을 두드리기도 전에 벌써 마음을 따뜻하게 채워주는 스튜 냄새가 났다. 집 안에서 문고리를 더듬으며 중얼거리는 소리가 들리더니 문이 열렸다. 문 앞에 서 있는 사람은 키가 내 겨드랑이 정도밖에 닿지 않는 할머니였다. 그녀는 홈드레스 위에 에이프런을 두르고 한 손에는 믹싱 스푼을, 한 손에는 감자를 들고 있었다.

머리에 두른 수건은 머리카락이 없다는 사실을 절반밖에는 가려주지 못했다. 많은 암환자가 그렇듯 피부도 병색이 짙은 누런색이었다. 갑자기 그녀가 나를 향해 웃어 보이자 얼굴이 환하게 피어났다. 사과를 깎아 만든 인형처럼 보조개가 쏙 들어간 얼굴이 무척이나 귀여웠다. 안나가 악센트가 잔뜩 들어간 어투로 말했다.

"어서 들어와요. 음식이 잔뜩 있어요."

어젯밤에 전화를 했기 때문에 안나는 내가 올 것을 알고 있었다. 작은 부엌 탁자에는 두 사람 분의 식사가 차려져 있었다. 그녀가 말했다.

"어서 앉아요."

나는 안나가 시키는 대로 했다.

"나도 우리가 할 일이 잔뜩 있다는 것은 알아요. 그렇지만 우선 먹고 합시다."

안나는 내 접시에 고기와 야채를 넣어 만든 헝가리 스튜 굴라시goulash를 덜어주고 그 옆에 집에서 만든 호밀빵을 크게 잘라 놓아주었다. 식사를 하면서 나는 안나가 헝가리에서 왔다는 것과 아들이 있는데 이름은 헨리이고 거의 매주 찾아온

다는 것을 알게 되었다. 남편을 잃고 혼자 살아온 지 오래고 이제 나이가 아흔네 살이나 되고 보니 살아 있는 친구도 몇 되지 않는다고 했다. 나는 안나가 매우 외로워하고 있는 것을 느낄 수 있었다.

식사를 끝낸 후에 나는 얼른 안나가 식탁을 치우는 것을 도왔다. 그날이 다 가기 전에 방문해야 할 집이 아직 몇 군데 더 남았기 때문이다. 나는 안나에게 자신의 병에 대해 알고 있는 것이 무엇인지 물었다. 그녀는 가볍게 어깨를 으쓱하더니 말했다.

"나는 암에 잔뜩 걸렸어요."

안나의 몸을 살펴보기 위해 작은 거실로 자리를 옮겼다. 안나는 방에 하나뿐인 의자에 앉았다. 편안해 보였지만 많이 낡은 안락의자였다. 내가 앉을 곳을 찾아 둘러보자 안나가 구석을 가리키며 말했다.

"내 미국식 의자에 앉지 그래요?"

붉은색, 흰색, 파란색 아프간afghan 뜨기(대바늘 끝에 갈고리가 붙은 아프간 바늘로 대바늘뜨기와 코바늘뜨기 기술을 혼합해 왕복

두 번의 동작을 되풀이해가며 뜨는 뜨기법) 편물이 이동식 변기 위에 얹혀 있었다. 방문객이 있을 경우 그것이 변기인 것을 감추기 위해서였다. 나는 안나의 재치에 웃음을 터트리고 말았다. 그러고 나서 변기를 끌어다 앉고는 검진을 시작했다.

매번 방문할 때마다 그렇게 시작되어 그렇게 끝이 났다. 훌륭한 식사가 마련되어 있었고 우리는 함께 먹었으며 그 후에 실제 방문 목적인 검진을 시작했다. 그때마다 안나는 자신의 안락의자에 앉고 나는 미국식 의자에 앉았다. 한번은 안나가 눈에 걱정을 잔뜩 담고 말했다.

"나는 통증이 잔뜩 있어요."

우리는 그녀의 의사와 상의한 후에 진통제를 몇 번이나 조정했다. 하지만 안나의 상태는 급속하게 악화되었다.

안나가 혼자 살 수 없을 만큼 약해지자 헨리가 어머니 집으로 들어와 그녀를 돌보았다. 나는 이제 침대에서 나오지 못하는 안나에게 삶이 끝에 다다랐다고 느끼느냐고 물었다. 안나는 대답했다.

"오, 나는 시간이 잔뜩 있는 게 아니에요."

마지막으로 방문했을 때 나는 안나의 손을 잡고 그녀의 이마를 쓰다듬어주었다. 나는 안나에게 '맛있는 식사도 잔뜩, 재미있는 시간도 잔뜩, 사랑도 잔뜩' 준 것에 감사한다고 말했다. 안나가 내 농담을 알아들었다는 듯 웃으며 내 손을 도닥였다. 그러고 나서 몇 분 후에 안나는 세상을 떠났다. 나는 천사들이 잔뜩 마중 나와서 그녀를 천국으로 데려갔다고 믿었다.

두
남자

내가 척의 집을 방문하기 시작했을 때 그는 재활치료센터에서 퇴원한 지 얼마 되지 않았다. 그는 꽤 젊은 나이인 쉰두 살에 가족과 함께 휴가를 떠났다가 중증 뇌졸중을 당했다. 즉각적인 응급 치료와 적극적인 재활 치료를 했지만, 뇌졸중이 야기한 손상을 되돌릴 수는 없었다. 척은 위에 삽입한 급식관으로 음식을 섭취해야 했고, 말을 하긴 했지만 발음이 또렷하지 않았으며, 혼자 걷거나 자신을 돌볼 수도 없었다. 이제 척은 남편과 아버지로서 그 어떤 활동도 할 수 없게 되었다. 아마도 그는 뇌졸중으로 생긴 그의 양팔이 머리 위에서 계속해서 마구 흔들리는 증상이 가장 힘들었을 것이다.

하지만 그 어떤 것보다 척의 마음이 멀쩡하다는 사실이 더욱 서글펐다. 그는 뇌졸중으로 인해 자기 몸에, 자기 인생에, 자기 가족의 삶에 어떤 일이 일어났는지 명확하게 알았다. 아내 캐런은 척을 돌봐야 했으므로 더는 일을 할 수 없었다. 그뿐만 아니라 캐런 혼자 척을 돌보기가 힘들어 그 둘을 돕기 위해 캐런의 부모 빌과 소니아가 척의 집으로 들어왔다.

척과 같은 상태에 있는 사람들을 돌보는 데 필요한 의료 기구와 의료용품은 많다. 척이 사용하고 있는 것으로는 환자를 침대나 침대 밖으로 옮기기 위한 호이어 리프트Hoyer Lift, 위층과 아래층을 오르내리기 위한 계단 의자 리프트, 피부를 보호하기 위한 특수 매트리스, 의약품, 전동 휠체어, 기저귀, 소변 줄, 급식관이었다. 캐런은 이 모든 것에 어찌해야 할 바를 몰랐다.

얼마 안 되는 돈은 초기의 병원비와 재활 치료비, 의료 기구와 치료 용품을 마련하는 데 들어갔다. 간병자나 간호사를 고용하는 데 쓸 돈은 남아 있지 않았다. 캐런과 척에게는 성인이 된 딸이 있었지만, 한 명은 다른 주에서 대학에 다니고 있었고 한 명은 결혼해서 가족과 함께 다른 주에 살고 있어 도움을 받을 수 없었다.

척을 돌보는 일은 새벽 5시부터 시작되었다. 그 시간이면 캐런은 일어나 척을 씻기고 옷을 입힌 후에 빌과 소니아를 기다렸다가 호이어 리프트와 계단 의자 리프트를 이용해 아래층으로 이동시켰다. 그다음에는 척을 다시 휠체어에 태워 주방으로 데려가서 아침을 먹였다. 음식은 급식관으로 주입했고 약도 모두 가루로 빻아야 했다. 나머지 가족들은 정상적인 다른 날과 다름없이 척과 같이 앉아 아침을 먹었다. 그들은 웃음을 터트리고 아침 신문을 읽었으며 그날 하루의 계획을 의논했다. 대화에는 언제나 척도 참여시켰다. 그의 알아듣기 힘든 발음이 의미하는 것을 배웠고 때로는 그가 말하지 않아도 그에게 필요한 것을 알아냈다.

어떤 경우라도 그들은 자기 일상이 정상적으로 돌아간다고 느낄 수 있도록 씩씩하게 움직였다. 그런 가족의 노력 덕분에 척은 자신이 가족에게 부담이 되고 있다고 느끼지 않고 여전히 가족의 온전한 일부라고 여겼다. 캐런은 척을 이동시키는 일이 힘들기는 했지만, 중고 장애인용 밴을 구입해 가족이 야외로 나갈 때는 그를 함께 데려갔다. 척은 행복했다. 적어도 그의 상태에서 누릴 수 있을 만큼의 행복은 누렸다. 아니 그의 애정 어린 가족들이 제공하는 훌륭한 보살핌 덕분에 다른 누구보다도 행복할지도 몰랐다.

어쩔 수 없이 받아들일 수밖에 없는 상황이었지만, 그래도 척과 그의 장인이 매우 가까운 사이라는 것은 축복이었다. 빌은 척을 돌보는 당번이 아니어도 함께 앉아 텔레비전으로 축구 경기를 보았고, 책을 읽어주었으며, 날씨가 좋은 날에는 척의 휠체어를 밀고 동네를 산책했다. 빌이 방으로 들어가면 척의 얼굴은 환해졌다. 대부분은 빌이 혼자 이야기를 했고 척은 듣기만 했다. 그러나 둘은 말을 하지 않아도 깊은 교감을 느꼈고, 서로의 마음을 이해해주었다.

이런 계획은 몇 개월 동안은 기름이 잘 쳐진 기계처럼 척척 돌아갔다. 하지만 그런 평화는 오래가지 못했다. 빌이 공격성이 강한 폐암 진단을 받은 것이었다. 게다가 그는 앞으로 3개월도 살기 어렵다고 했다. 이제 나는 한 집에서 호스피스 환자 두 명을 간호하게 되었다. 이런 일이 종종 일어나기는 했지만, 이런 슬픈 상황을 당한 가족에게는 엎친 데 덮친 격이었다. 가족은 짧은 시간에 하나도 아닌 둘을 잃게 되었다.

이 소식은 당연히 평화로운 가정을 산산이 깨뜨려버렸다. 가족 구성원 모두가 각자 제 역할을 해야 정상적으로 생활이 가능했기 때문이다. 그러나 캐런과 소니아는 놀랍고 조직적이며 성실한 노력으로 이 상황을 헤쳐나갔다. 호스피스의 도움을 받아 척과 빌 두 사람을 돌보기 시작한 것이다.

몇 주 지나지 않아 빌은 더는 사위를 돌볼 수 없게 되었다. 그러나 캐런과 소니아가 척을 보살펴주고 나서 쉬고 있을 때는 빌이 그와 함께 시간을 보냈다. 가끔씩 둘이 아무 말도 하지 않고 가만히 함께 앉아 있기만 했다. 환자가 얼마나 오래 잘 버티느냐 예상하는 것은 환자의 예후에 따라 예상을 빗나가기도 한다. 그러나 이 가정에는 예측이 정확하게 들어맞았다. 진단 받은 지 정확히 3개월 후에 빌은 암에 무릎을 꿇고

하루가 다르게 약해져갔다. 이제 휠체어에 앉은 척이 빌의 침대 옆에 있었다. 팔이 흔들거리는 것도 둘 모두 개의치 않았다. 둘은 몇 시간이고 말없이 조용히 앉아 있었다. 서로가 함께 있어주는 것만으로 만족했다.

어느 날 아침 일찍 그 집에 갔는데 간호조무사 밀트가 침상에서 빌을 씻겨주고 있었다. 빌은 지난 며칠 동안 아무런 반응도 없어 우리는 그가 곧 떠날 것을 알았다. 척은 2층에 있었고 나는 캐런에게 밀트를 도와 빌을 씻긴 다음 척을 살펴보겠다고 말했다. 우리가 빌을 침대에 편안하게 눕히고 베개를 바로 잡아주자마자 빌은 한숨을 뱉더니 숨을 거두었다. 가족은 그 방에 있지는 않았지만 집에 있었다. 얼른 시간을 보니 아침 7시 55분이었다. 나는 이 소식을 알리기 위해 캐런과 소니아를 불렀다. 나와 밀트는 그 둘을 위로하고 여러 통의 전화를 거느라 거의 한 시간을 보냈다.

캐런이 차분한 마음을 되찾고 척에게 빌이 세상을 떠났다는 소식을 전할 수 있겠다고 느끼자 2층으로 올라갔다. 그러나 캐런이 방으로 들어갔을 때 척은 눈물을 흘리고 있었다. 그는 알아듣기 힘든 발음으로 말했다.

"나는 이미 알고 있었어. 빌은 8시에 천국으로 갔어."

캐런은 척이 아래층에서 들려오는 말소리나 울음소리를 들었을 것으로 짐작하고 물었다.

"어떻게 알았어요?"

"빌이 떠나기 전 내게 작별 인사를 하기 위해 여기 들렀어. 장인어른은 시간이 되면 나를 데리러 오겠다고 말했어."

빌이 세상을 떠난 후 척은 생명을 연장하기 위한 적극적인 치료를 받지 않겠다고 분명하게 밝혔다. 감염증이 생기더라도 항생제 치료도 받지 않겠다고 했다. 우리는 척에게 때가 가까웠을 때 생명을 연장하기 위한 치료 대신 그를 편안하게 해줄 수 있는 조치만 하겠다고 약속했다. 그로부터 몇 개월 후에 척도 장인이자 친구인 빌의 뒤를 따랐다. 나는 척이 세상을 떠났을 때 그곳에 있지 않았지만, 빌이 그의 약속을 지켜 척을 마중 나왔을 것이라고 믿는다.

"그곳은 정말
아름다워요"

2010년에 출간된 레이먼드 무디Raymond Moody의 『영원을 엿보다Glimpses of Eternity』를 읽어보았다면 '공유된 임종 경험Shared Death Experience'이란 말에 익숙할 것이다. 이런 경험들은 사례마다 그 내용이 크게 다르긴 하지만, 한 항목에 넣을 수 있는 특징이 있다. 그 개념은 한 사람이 세상을 떠날 때 다른 사람이 어떤 방식으로든 영적인 수준에서 그 경험을 함께한다는 것이다. 나도 그런 경험을 해본 축복을 누렸으므로 이런 일이 생각보다 드물지 않다는 것을 안다.

나는 새로 배정된 환자의 집을 방문했다. 좀 위압감이 느껴질 정도로 커다란 저택이었다. 이웃들도 모두 부자이거나 유명한 사람들만 사는 부유한 동네로 보였다. 로저는 나이가 겨우 쉰여덟 살이었고, 흔히 루게릭병이라고 불리는 근위축성 측삭 경화증 말기 상태에 있었다. 나는 그가 어떤 노력을 기울여 상류층 생활을 누릴 수 있게 되었는지는 모르지만, 병으로 모든 것이 소용없게 된 것이 참으로 안타까웠다. 근위축성 측삭 경화증 환자는 최고 수준의 치료를 받아도 보통 3년에서 6년 밖에는 생존하지 못하는데, 로저는 벌써 4년째 병을 앓고 있었다. 돈으로는 진정 중요하고 의미 있는 것을 사지 못한다는 말이 분명 진리로 보이는 사례라는 생각이 들었다.

근위축성 측삭 경화증은 운동신경 장애지만, 질병 기전機轉이 전부 밝혀진 것은 아니다. 많은 연구가 이루어졌어도 그 원인은 여전히 밝혀지지 않았고 치료도 단순히 증상을 감소시키고 늦추는 정도에 지나지 않는다. 한마디로 이 병에는 치료법이 없다. 일반적으로 근위축성 측삭 경화증은 다리에서부터 시작된다. 로저도 다리에서부터 시작되어 위로 올라가면서 근육이 망가졌다. 병이 폐와 횡격막까지 침범하면 질병은 말기 단계에 이른다. 대부분의 환자는 급식관이 필요하고, 원하는 경우에는 인공호흡기에 의존해 생명을 유지한다. 질병으로 온몸을 쓸 수 없게 되고 호흡마저도 어려워지기 때문이다.

내가 방문했을 때 로저는 24시간 내내 침대에 누워만 지내고 있었다. 그런데 로저는 넋을 쏙 빼놓을 정도로 잘생긴 남자였다. 미소도 매혹적이었고 성격도 좋았다. 미국의 거대 기업에서 영업과 동기부여 강연으로 크게 성공을 거둔 사람답게 말솜씨도 아주 좋았다. 그의 아내 로런은 둘이 여행을 많이 다녔다고 했다. 로저가 이런 진단을 받기 전까지는 힘들여 얻은 것이지만 특권적인 삶을 누렸다. 로저와 로런에게는 고등학교에 다니는 두 아들이 있었고 그 위로 결혼해서 아들을 둔 딸도 있었다. 로저의 부모님은 아직 생존해 있고 나이가 비슷한 형제자매도 둘이 있었다.

젊은 사람이 죽음을 앞두고 있다는 것은 어느 경우라도 받아들이기 힘들다. 어떤 부모도 자식을 먼저 앞세워 보낼 생각은 하지 못한다. 어린 자녀와 아내도 아버지와 남편을 잃으리라고는 생각도 못했다. 이런 예기치 못한 상황에 맞닥뜨린 사람들은 어떤 식으로든 할 수 있는 모든 것을 동원해 그 상황을 이해해야 한다. 이 가족도 정서적으로 적응하기 위해 노력하고 있었고, 그것은 슬프더라도 필요한 일이었다. 가족은 천천히 로저가 죽을 것이란 사실을 받아들이고 있었다.

로저를 방문할 때마다 나는 그와 단둘만의 시간을 갖기 위해 경쟁을 벌여야 했다. 활기찬 성격을 지닌 이 남자를 만나기 위해 전에 회사에 다닐 때의 동료들과 그의 가족, 골프 친구들, 이웃들의 방문이 끊일 줄 몰랐기 때문이다. 그들은 로저의 기분을 좋게 해주기 위해 왔지만, 오히려 결과는 반대인 경우가 많았다. 방문객이 기분이 좋아져 떠나는 것이다. 대부분 그들이 로저와 함께 있을 때는 자주 그랬고, 그런 영향은 내게도 미쳤다. 사실은 내가 그에게 의료적인 돌봄과 위안을 제공하기 위해 거기 있는 것이었지만, 나는 그가 나를 위해 있는 것인지 내가 그를 위해 있는 것인지 의아할 때가 많았다.

물론 로저에게 고비가 없었던 것은 아니다. 로저도 분노했고 병으로 꼼짝할 수 없게 되자 우울해하거나 원망하기도 했다. 그럴 때는 로저를 돌보기가 더 힘들었다. 한동안은 별 문제 없이 평온하게 지내다가 갑자기 상태가 곤두박질하기도 했다. 그렇게 되면 그의 간호 방식도 새로 조정해야 했다. 처음에는 로런이 주된 간병자 역할을 했다. 로런은 몸이 아주 작은 여자치고는 힘이 좋았다. 그러나 로저를 변기와 전동 휠체어로 옮기는 일이 벅차게 되어 시간제 간병인을 고용해 도움을 받았다.

로저는 이미 음식을 급식관으로 섭취했고 몸은 완전히 마비가 된 상태였다. 움직일 수 있는 것은 오로지 왼손 집게손가락뿐이었다. 이 손가락을 움직여 컴퓨터를 작동할 수 있게 하는 장치를 고안했다. 그런 식으로 그는 집에 갇혀 있어도 자기 사업 일을 볼 수 있었고, 인터넷을 통해 친구를 만날 수 있었다. 로저는 시간이 아무리 오래 걸려도 내가 방문하면 내게 인사말을 전하기 위해 메시지를 타이핑했다. 그 메시지는 그가 집게손가락으로 누르면 기계적인 로봇 음성으로 전달되었다.

우리는 로저가 어떤 말도 안 되는 소리를 해도 반갑게 대꾸했다. 어느 때는 그가 짧은 시를 타이핑했다.

"여기, 간호사가 오네. 가방을 들고. 내 상태가 더 나빠지지 않았기를, 나는 바라네!"

가끔씩은 농담을 날리기도 했다.

"미안하지만, 내가 오늘 피곤해 보이는 것은 골프 12홀을 돌았기 때문이에요."

어느 경우에는 뜻을 알 수 없는 낙서였다.

"라즈 마 타즈, 두 밥, 링어링, 뱀!"

컴퓨터 자동 목소리 장치를 통해 들려오는 이런 소리들은 정말 배꼽을 잡을 만큼 우스웠다.

1년을 조금 넘기는 시간 동안 나는 근위축성 측삭 경화증이 로저가 말하고, 웃고, 고개를 들고, 숨을 쉬고, 배변하는 능력을 앗아가는 것을 지켜보았다. 그러다가 이 병이 결국은 급소를 공격했다. 로저의 폐가 마비된 것이다. 그는 전에 횡격막 안에 자극기를 삽입해 횡격막 근육이 강하게 유지되게 하는 시술을 받았다. 그러나 결국에는 그것도 소용없게 된 것이다. 그는 외부에서 도와주지 않고는 더는 숨을 쉴 수 없게 되었다. 폐를 보조하기 위해 바이팝BIPAP이라는 마스크가 달린 기계를 연결했다. 그가 더는 말을 할 수 없게 되자, 그의 가족과 나는 그가 눈을 깜박여 우리의 질문에 '예'나 '아니오'로 답할 수 있는 암호를 배웠다.

그가 혼자 남겨지는 일은 거의 없었지만, 혼자 있는 시간도 있었으므로 버튼을 눌러 호출할 수 있게 그의 왼손 옆에 미리 프로그램된 전화기를 놓아주었다. 로저의 근육은 너무 약해져 머리가 1센티미터만 높아져도 봉제 인형처럼 앞으로 꺾여 버렸다. 그렇게 되면 누가 도와주지 않고는 고개를 바로 하기가 불가능했다. 로저는 최고 가운데서도 최고의 지원을 받았다. 최신의 장비를 쓰고 최고의 의료 서비스를 받았다. 약은 말할 것도 없고 필요한 도움은 모두 받았지만, 그는 여전히 근위축성 측삭 경화증으로 죽어가고 있었다.

그 큰 갈색의 두 눈, 설령 그의 입이 웃거나 소통할 수 없더라도 그의 눈만은 여전히 웃고 소통하고 있었다. 나는 그의 눈에서 감사함을 읽었고 장난과 유머와 실망과 슬픔을 보았다. 로저는 자신의 시간이 점점 짧아지고 있다는 것을 알았다.

나는 종종 내 환자들의 꿈을 꾼다. 그러므로 내가 그를 방문하고 돌아온 어느 날 밤에 그의 꿈을 꾼 것이 이상한 일은 아니었다. 그러나 이 꿈은 달랐다. 자각몽自覺夢으로 그 일이 실제로 일어나는 것처럼 생생하게 느껴졌다. 나는 로저의 침실에 있었다. 주변에서는 파티가 벌어지고 있었고 나는 그의 침대 옆에 앉아 있었다. 사람들이 아주 많았다. 일부는 로저의 집에서 본 사람들이었고 처음 보는 사람들도 있었다. 파티의 주인인 로런은 손님들 사이를 돌아다니면서 인사를 나누고 음료를 권하고 있었다. 로저를 보니 그의 피부 색깔이 변해 있었다. 바이팝 기계와 얼굴에 씌워진 마스크가 있었지만, 그의 호흡은 점점 거칠어지고 있었다. 나는 사람들 속에서 로런을 찾아 불렀다.

"로런, 얼른 와요. 로저 상태가 나빠지고 있어요."

꿈속에서 로런은 내 말을 듣지 못한 것 같았고 계속해서 파티 주인 노릇을 하기에 바빴다. 다시 로저 쪽으로 고개를 돌렸을 때 아주 잠깐 사이지만 그의 상태는 완전히 나빠져 있었다. 나는 단 1초도 그의 곁을 떠나고 싶지 않아서 더 큰 목소리로 로런을 불렀다. 그러나 그의 아내는 내 목소리를 듣지 못하고 점점 더 멀어지더니 급기야는 내 시야에서 완전히 사라져버렸다.

꿈을 꾸면서 나는 이것이 절대 다시 오지 않을 순간임을 알았다. 로저의 눈은 의문과 두려움으로 크게 떠져 있었다. 나는 그의 손을 잡고 말했다.

"그냥, 내 눈만 바라보세요. 당신은 괜찮아요. 두려워하지 말아요."

그는 다소간 차분해졌고, 나는 눈에 눈물을 머금고 말했다.

"당신은 죽어가고 있어요. 그렇지만, 로저. 거기 가면 아주 아름다울 거예요."

그는 천천히 눈을 한 번 깜박이는 것으로 내 말을 이해했다는 표시를 했다. 그의 고개가 앞으로 떨어졌고 바이팝 기계에 달린 마스크가 벗겨졌다. 나는 그가 숨을 거두었다는 것을 알았다. 그런데 갑자기 전혀 뜻하지 않게 그가 다시 고개를 들었다. 몇 개월 동안이나 전혀 할 수 없었던 일이다. 그의 얼굴은 밝게 빛나는 황금빛이었다. 그가 상상할 수 없을 만큼 아름다운 미소를 지으면서 외쳤다.

"당신 말이 옳았어요. 그곳은 정말 아주 아름다워요."

그는 완전한 경이감에 휩싸여 있었다. 나는 평생 그런 황홀감을 담은 표정은 본 적이 없었다. 더할 나위 없이 정교하게 아름다운 것을 본 듯한 표정이었다. 아니, 정교하게 아름다운 것보다도 천 배는 아름다운 것을 본 듯했다. 그의 얼굴은 자기가 본 것이 무엇이든 그것에 대한 숭고함과 감사함으로 빛이 났다.

나는 알람이 울리기 전에 전화벨이 울려 잠에서 깼다. 당직 호스피스 간호사 베스의 전화였다. 그녀는 로저가 어젯밤 세상을 떠났다고 말했다. 나는 울음을 터트렸다. 베스의 말로는 로런이 잠자리에 들기 전에 집 안을 정리하려고 로저 곁을 떠나 2층에 있을 때 일이 일어났다고 했다. 로저의 전화기는 언제나 있던 자리인 그의 왼손 옆에 놓여 있었다. 15분 후에 아래층으로 돌아왔을 때 로저는 로런이 방을 나갈 때 해준 그대로 침대에 앉아 있었다. 그러나 내가 꿈에서 본 것처럼 그의 머리는 아래로 떨어져 있었고 마스크는 벗겨져 있었다.

내가 꿈에서 경험한 로저의 죽음에는 심오한 의미가 담겨 있었다. 나는 꿈속에서 일어난 일 그 자체도 잊지 않을 테지만, 내가 로저의 죽음에서 중요한 역할을 하게 해준 것에도 감사한다. 그가 꿈에서 내게 전해준 말처럼, 나는 그가 세상을 떠나면서 보았던 그 아름다움과 경이로움이 실제였다고 믿고 그 믿음으로 위안을 얻었다.

제4장

천국의 문을 두드려라

우리는 이 세상 너머에 대해서는 무지하다.

그 무지함이 우리 삶의 조건이기 때문이다.

얼음이 녹아 사라지지 않고는 불을 알 수 없는 것처럼.

− 쥘 르나르Jules Renard, 1864~1910(프랑스 소설가)

은총, 현존, 영광. 그것을 무엇이라 부르든 상관없다. 그러나 당신이 죽음의 숭고함을 경험하게 된다면, 그것은 아름다울 뿐만 아니라 당신이 지금까지 알고 있는 그 어떠한 신비로운 것과도 비교할 수 없다. 임종 순간에 함께한 경험으로 자신에게 어떤 변화가 일어났다고 주장하는 사람이 많고, 그것은 무신론자라고 해서 다르지 않다. 그들은 신체적으로, 정서적으로, 영적으로, 자신의 내면에서 어떤 일이 일어났다고 말한다. 그 경험은 두 세상 사이에 가로놓인 문 앞에 서 있는 것과도 같다. 한 세상은 우리가 아주 내밀하게 알고 있는 우리 자신의 세상이고 또 한 세상은 우리 마음과 영혼으로 오직 살짝 엿볼 수만 있는 세상이다. 그 순간 우리의 마음은 겸허해진다. 또한 죽음의 숭고함을 전혀 알지 못했던 사람들의 마음의 문은 비로소 열리기 시작한다. 죽음을 지켜보라. 죽음을 위해 기도하라. 죽음의 순간에 경외심을 가지라.

꿈에서
본 장면

마이클은 열여덟 살, 죽기에는 너무 어린 나이였다. 언제나 우등생이었던 그는 학교 친구들에게도 인기가 많았다. 축구팀 주장으로 이제 막 자기 재능을 발휘하기 시작한 참이기도 했다. 그러나 그렇게 장래가 촉망되던 그가 죽어가고 있었다. 어떻게 이런 일이 일어날 수 있을까? 마이클은 자기 인생을 훔쳐가 버린 뇌암에 무릎을 꿇고 혼수상태에 빠져 있었다.

마이클이 두 살밖에 되지 않았을 때 어머니는 꿈을 꾸었다.

그녀는 침대에 누워 있는 어른이 된 마이클을 돌보고 있었다. 간호사가 환자를 돌보고 있는 듯한 모습이었다. 몇 년 후에 그녀는 똑같은 꿈을 꾸었다. 낯선 방이었는데, 그녀가 아들을 돌보고 있는 방 안으로 햇빛이 쏟아져 들어왔다.

5년 후에 단 하나도 변한 것이 없는 같은 꿈을 꾸었다. 놀랍게도 마이클이 열두 살이었을 때 같은 일이 마이클에게도 일어났다. 어느 날 아침 마이클이 잠에서 깨서는 엄마에게 꿈을 꾸었다고 말했다. 그 꿈은 엄마가 꾸던 꿈과 똑같았다. 햇빛이 쏟아지던 것까지…… . 마이클은 "방이 빛으로 밝아졌어요"라고 말했다. 둘 모두 꿈속에서 본 그 방이 어떤 방인지는 알 수 없었다.

그로부터 얼마 후에 가족은 이웃 동네의 새 집으로 이사했다. 그리고 얼마 안 있어 마이클은 수술이 불가능한 뇌종양으로 진단 받았다. 그 후 그는 죽음을 앞두고 누워 지냈다. 병원 침대를 서재에 설치하고 마이클은 거기서 지내게 되었다. 그 방이 방문객이 왔을 때도 공간이 넓고 환자를 돌보기에도 더 편리했기 때문이다.

어느 날 오후 늦은 시간에 어머니는 침대에 누운 마이클의 몸을 닦아주고 있었다. 저물어가는 태양이 두 짝으로 된 프랑스식 서재 유리문 서쪽 끝을 통해 밝게 빛을 뿌렸다. 순간 둘은 깜짝 놀라 서로를 바라보았다. 그 상황이 무엇인지 둘 모두 그 순간에 알아챘기 때문이다. 어머니는 말했다.

"꿈에서 본 장면이 바로 그것이었어요."

그로부터 몇 주 후에 마이클은 세상을 떠났다. 비록 아들의 죽음이 어머니에게 견디기 힘든 슬픔을 남기긴 했지만, 그녀는 한 점 의심도 없이 그 일이 아무렇게나 우연히 일어난 것이 아니라고 확신했다. 신이 그의 은총으로 예비한 일이었고, 두 사람이 미래에 당할 어려운 일을 준비할 수 있게 해준 것이라고 믿었다.

"나 자신의 일부를
잃어버린 것 같아요"

        나이가 얼마고 상황이 어떻든 모든 사람의 죽음은 뒤에 남겨진 사람들에게 감당하기 힘든 고통을 남긴다. 그 일을 맞을 준비를 아무리 많이 했더라도 그 일이 실제로 일어났을 때 겪는 상실감에 대처하기에는 충분치 못하다. 그 관계가 매우 친밀했다면 그 사람이 그리운 마음만큼 견디기 힘든 일은 없을 것이다. 그 관계가 소원했다면 관계를 다른 식으로, 더 낫게 만들 기회를 잃은 것에 마음이 아프다. 상황이 달랐기를 바라면서 '더 잘할 걸, 더 사랑할 걸' 하는 죄의

식이나 후회가 남는다.

그러나 자식을 잃은 부모의 상실감만큼 감당하기 힘든 일은 없을 것이다. 어떤 부모도 자식보다 오래 살 것으로 예상하는 사람은 없다. 특히나 자식이 성인이 되기도 전에 그런 일이 일어났다면 그 슬픔은 이루 말할 수 없다. 그것은 부모 자신이 세상에 내놓았던 특별한 사람을 잃는 일일뿐 아니라 너무 많은 희망과 꿈을 잃는 일이기도 하다.

브라이언은 겨우 열여덟 살 때 세상을 떠났다. 브라이언과 어머니 사이의 유대는 아주 특별했고, 아들과의 친밀했던 관계를 추억하는 것이 그녀의 슬픔을 다소나마 견뎌내게 해주었다. 브라이언의 어머니는 영적인 사람이었으므로 아들이 세상을 떠난 후에 힘을 얻을 방법은 기도뿐이었다. 그러나 어느 날 그녀는 그 힘마저 잃었다. 아들이 몹시 그리웠고 분노가 치밀었다. 그녀는 분노를 기도로 옮겼고 소리치면서 울기 시작했다.

"왜 브라이언이에요? 어떻게 그럴 수 있어요? 나는 절대로 이해할 수 없어요!"

그녀는 오랫동안 흐느껴 울었고, 아들이 죽은 후로 그 모든 것을 받아들일 수 없었다.

분노와 에너지를 모두 쏟아버리고 나니 외로움과 공허감이 밀려들었다. 그녀는 장을 보기 위해 동네 슈퍼마켓에 갔다. 그다음에 일어난 일을 그녀는 아주 상세하게 기억했다. 그녀는 슈퍼마켓 식료품 코너에 서 있었다. 무심코 고개를 들었을 때 2미터쯤 떨어진 곳에서 중년의 남자가 자신을 유심히 바라보고 있었다. 모자를 쓰고 있었고 턱수염이 조금 나 있었으며 아주 파란 눈을 갖고 있었다. 자신의 아들인 브라이언을 빼고는 그렇게 파란 눈동자는 본 적이 없었다(브라이언을 돌보면서 나도 그의 눈을 보았으므로 그가 아주 파란 눈을 갖고 있었다는 것을 증언할 수 있다). 브라이언의 눈은 카리브해의 바닷물처럼 아주 푸르렀다. 그 남자의 눈이 바로 그랬다. 그녀는 순간적으로 불편한 마음이 들어 눈길을 돌렸다.

잠시 후에 다시 고개를 들었을 때 그 남자가 더 가까이 다가와 있었다. 이번에는 모자를 벗어 손에 들었다. 그의 수정처럼 맑고 푸른 눈에서 눈물이 한 방울 굴러 그의 볼로 떨어졌다. 그가 말했다.

"당신은 당신의 일부를 그리워하고 있는 것 같군요."

어머니는 브라이언의 친구들이 위로하기 위해 하루빨리 몸을 추슬러야 한다고 말할 때마다 대꾸하던 말을 그대로 했다.

"나 자신의 일부를 잃어버린 것 같아요."

그 남자가 동전을 꺼내 그녀의 손 안에 쥐어주었다. 동전을 뒤집자 '예수 안에서는 모든 일이 가능합니다'라고 새겨져 있었다. 그녀는 조용히 울기 시작했다. 고개를 들었을 때 동전을 건네준 남자는 사라지고 없었다. 주변을 둘러보아도 그의 그림자조차 보이지 않았다.

그녀는 지금도 그 동전을 간직하고 있다. 그녀는 자기 아들이나 아니면 다른 메신저가 자신의 절망이 극에 달했을 때 위로해주기 위해 그 특별한 치유의 선물을 보내주었다고 믿었다.

망치와 톱을 든
천사들

벳시는 6년 동안이나 치료가 불가능한 암과 싸우고 있었다. 벳시의 자궁에서 시작된 암이 간과 뼈로 전이되었어도 그녀는 싸움을 멈추지 않았다. 그러나 벳시가 받고 있는 화학 치료와 방사선 치료는 완화 요법일 뿐이었다. 완화 요법이란 증상을 줄이고 고통을 누그러뜨리기 위한 것이지 암을 치료하기 위한 것이 아니다. 벳시의 병은 이미 치료 가능한 단계를 지났다. 벳시는 화학 치료로 하루 중 깨어 있는 시간이 얼마 되지 않았고, 식욕은 사라졌으며, 아름다웠던 머리카락도 잃었다. 그러나 그녀는 아직도 치료를 계속 받고 싶어 했다.

"이번에는 치료가 효과를 낼지도 몰라요."

처음 방문한 날 벳시는 희망에 차서 내게 말했다. 나는 환자에게서 희망을 빼앗을 생각은 전혀 없지만, 그렇다고 거짓 희망을 주고 싶지도 않았다. 그때 나는 얼른 벳시의 바람이 하나님이 정하는 방식대로 이루어지게 해달라는 기도를 올렸다.

외아들 잭이 벳시를 돌보았다. 잭은 낮에는 어머니를 병원에 데리고 다니고 화학 치료를 받으러 다니면서 보살폈고 밤에는 대학에 다녔다. 둘은 낡은 판잣집에 살았는데 현관 앞 포치 계단이 가팔랐다. 벳시가 더는 걸을 수 없게 되자 잭과 잭의 친구들은 휠체어를 사용할 수 있게 작은 경사로를 만들었다. 그러나 그 경사로를 본 사람이면 누구나 그것이 아무 기술도 없는 사람이 얼렁뚱땅 만든 것임을 알았을 것이다.

그 정성이야 갸륵했지만, 경사로 양쪽 면에 난간이나 손잡이도 없었고 폭이 너무 좁았으며 가팔랐다. 벳시를 태운 휠체어는 제어장치가 고장 난 자동차처럼 굴러 내려갔다. 비가 오거나 날씨가 추운 날에는 더욱더 위험했다. 설상가상으로 시에서 이 경사로가 규정에 맞게 만들어지지 않았으므로 철거하라는 명령서를 보내왔다.

잭은 경사로 문제로 고민이 깊었다. 그와 어머니는 경제적으로 몹시 곤궁한 상태였다. 스물두 살짜리 잭이 시가 요구하는 복잡한 여섯 페이지짜리 상세한 규정을 갖춘 새로운 경사로를 만들어낼 묘안은 없었다. 내가 방문한 어느 날 잭은 그 문제로 인한 고민을 털어놓았다. 나는 호스피스 사회복지사와 자원봉사자들과 상의해 도움을 얻을 방법을 알아보겠다고 약속했다.

몇 주가 지났지만 경사로를 만들 수 있는 사람이나 자금을 조달할 방법에 대해 어떤 도움도 찾을 수 없었다. 여러 사람을 접촉했지만, 이 가족에게 필요한 도움을 주기 위해 애쓴 보람이 없었다.

벳시는 좀더 적극적인 치료를 받기 위해, 그래봐야 또 다른 종류의 화학 치료였지만, 몇 주 동안 호스피스 돌봄을 받지 않기로 했다. 그동안 우리는 이 가족과 연락이 끊겼다. 슬프게도

벳시의 새로운 치료법도 효과를 내지 못했고, 결국은 다시 우리의 호스피스 돌봄을 받기로 했다. 몹시 안타깝게도 벳시는 더욱 가파르게 죽음을 향해 곤두박질치고 있었다. 깨어 있는 시간이 거의 없었고 더는 음식을 먹거나 물을 마시지도 못했다. 나와 잭도 벳시에게 남은 날이 얼마 없다는 것을 알았다.

내가 방문을 끝내고 집을 나서는 데 잭이 현관문까지 나를 배웅했다. 잭이 시의 규정에 맞게 안전하고 완벽하게 마무리된 새 경사로를 가리켰다. 나도 조금 전에 벳시의 집을 방문하기 위해 현관에 들어섰을 때 그것을 보았다. 그가 말했다.

"새 경사로를 만들 사람들을 보내주신 것에 대해 어떻게 감사의 말씀을 드려야 할지 모르겠습니다. 그 사람들이 나타나서는 하루 만에 공사를 끝내주셨어요. 덕분에 어머니가 치료를 받기 위해 병원에 갈 때나 날씨가 좋은 날 산책을 나가기 훨씬 수월했습니다. 어머니는 새 경사로를 보고 무척 기뻐하셨어요. 정말 고맙습니다."

나는 어떻게 된 일인지 알 수 없었다. 차에 타자마자 누가 경사로를 만들었는지 알아보기 위해 사회복지사와 자원봉사자 관리자에게 전화를 했다. 그들도 사람을 보내지 않았다고 하면서 내 질문에 놀라워했다. 그렇다면 벳시가 마지막 몇 주를 집 밖으로 나가 산책을 즐길 수 있게 망치와 톱을 들고 와서 경사로를 만든 천사들은 누구였다는 말인가? 우리는 끝내 알아내지 못했다.

천사의
목소리

임종을 앞둔 사람이 당신에게 한 말에, 또는 당신이 두 눈으로 직접 보고 두 귀로 들은 일이 믿기 어려워 잠시 생각에 빠진 일이 있지 않은가? 그 일어난 일을 이해해보려고 애쓰면서 말이다. 나 역시도 일어난 일에 할 말을 잃고 곰곰이 생각에 잠겨야 했던 적이 많았다.

배럿은 무척 훌륭한 남자였다. 그는 유쾌하고 재미있고 남을 배려할 줄 알았다. 그와 모린은 12년 동안 만났지만 결혼한 지는 1년밖에 되지 않았다. 둘은 배럿이 생명을 위협하는 뇌종양 수술을 받기로 한 바로 전날에 결혼 서약을 했다. 이 고난에 함께하겠다고 서로에게 말하길 원했으므로 그날 결혼하기로 선택했던 것이다. 그러나 수술 후에 들은 소식은 좋지 않았다. 배럿은 집으로 돌아가 죽음을 준비하라는 말을 들었다. 나는 그 둘을 만나자마자 그들이 좋아졌다. 둘은 서로 많이 사랑했고 영적으로도 강하게 연결되어 있었다. 둘이 함께하는 마지막 여정에 둘의 유대감은 더욱 강해졌다.

배럿은 병세가 심각하게 악화되면서 대부분의 시간을 잠만 자면서 보냈다. 모린은 그가 잠시 깨어나면 꼭 이렇게 묻는다고 했다.

"디지털 렌즈를 고칠 방법을 알아? 카메라 케이블을 고치는 방법을 배웠어?"

그런 질문을 하면서 천장 이 구석 저 구석을 가리킨다는 것이었다. 모린은 그 질문이 무슨 의미인지 알 수가 없었다. 보통 그녀는 여기에 케이블은 없고 고칠 것도 없다고 대꾸했다. 하지만 배럿은 다시 그와 비슷한 질문을 던졌다.

죽음을 앞두고 시간이 얼마 남지 않은 사람들이 보통 그러하듯 배럿이 상징적인 언어를 쓰고 있다는 것을 알았으므로 나는 모린에게 말했다.

"제 생각에는 배럿이 당신이 괜찮을지 알고 싶어 하는 것 같아요. 그런 문제가 생겼을 때 그가 당신을 도와주지 못해도 당신이 그런 일들을 잘 처리할 수 있는지 알고 싶은 거예요."

나는 모린에게 필요하다면 상징적인 말로 배럿을 안심시키라고 말했다. 다음 날 배럿이 같은 질문을 했을 때 모린은 이렇게 대답했다.

"배럿, 내가 언제 내 문제를 해결하지 못하는 거 보았어? 나는 케이블도 렌즈도 고칠 수 있고, 다른 것도 고칠 수 있다고."

배럿이 슬며시 웃고는 다시 잠 속에 빠졌다. 그 후로 다시는 그런 질문을 하지 않았다. 또 어느 날은 배럿이 이렇게 말했다.

"모린, 우리 어머니가 저 구석에 서 계셔. 어머니가 인사를 하시네."

배럿의 어머니는 벌써 오래전에 세상을 떠났다. 그러나 모린은 당연한 일인 듯 어머니가 서 있다는 구석을 향해 말했다.

"안녕하세요, 어머니!"

그런 다음 배럿에게 말했다.

"당신이 걱정되어 온 모양이야."

배럿은 구석을 향해 잠시 귀를 기울이더니 아내를 향해 부드럽게 말했다.

"아니야. 어머니는 당신이 걱정되어 여기에 와 있는 거야."

배럿의 상태는 계속해서 나빠졌고 잠에 빠져 지내는 시간이 더 많아졌다. 어쩌다가 깨어나더라도 이제는 속삭이는 것조차 힘들어했다. 그가 죽기 전날, 내가 혈압을 재고 있는데 그가 눈을 크게 뜨고 방을 둘러보았다. 그러고는 황홀감에 빠진 목소리로 말했다.

"오, 세상에나. 오, 세상에나!"

모린과 나는 조용히 옆에 서서 이제 일어날 일을 기다렸다. 그런 다음 배럿은 오른손을 들어올려 자기 턱 아래 놓았다. 그리고 손가락으로 가볍게 턱을 두드렸다. 그는 찬송가 같은 노랫가락을 흥얼거리기 시작했다. 그 소리는 천사의 목소리라고밖에는 설명할 수 없었다. 나는 거기서 그 장면을 모두 지켜보았다. 그날 배럿의 입에서 흘러나온 소리는 배럿의 목소리가 아니었다. 지금까지도 나는 그 형용할 수없이 아름다웠던 목소리를 분명하게 기억한다.

나는 배럿의 임종에 함께하면서 그가 경험한 일을 지켜보는 축복을 입었다. 나는 그런 매우 사적이고 기적적인 순간에 함께할 때마다 그것이 특권이라고 느낀다. 이런 기적이 어떤 죽음이나 어떤 사람에게나 일어날 수 있다는 것을 알리는 것이 내게는 매우 중요하다. 그런 일이 일어나는 데는 경험이 중요하지 않다. 다만 그런 기적을 자기 자신이 받아들이기만 하면 된다. 이런 가장 숭고한 순간에 신의 은총에 마음을 열어두기만 하면 되는 것이다.

이제 떠날 준비가
되었나요?

임종 과정에 있는 사람이 종종 이 세상에 더 머물러야 한다고 느낄 때가 있다. 자신을 위해서가 아니라 자신이 사랑하는 사람이나 자신을 사랑하는 사람을 위해서다. 나는 이런저런 식으로 그런 심정을 표현하는 말을 많이 들었다. 바로 이런 말들이다.

"나는 가족을 실망시키고 싶지 않아요."

"나는 가족을 슬프게 만들고 싶지 않아요."

"내가 떠나야만 한다는 것을 우리 가족들이 이해할지 모르겠어요."

어떤 경우에는 사랑하는 사람이 임종을 맞는 사람에게 가지 말라고 애원하기도 한다. '당신이 없으면 나는 살 수가 없어요'라거나 '당신이 죽으면 나도 죽을 거예요'라고 말하면서 말이다. 그런 말은 다른 선택이 없는 사람에게 엄청난 부담감을 안긴다. 몸이 더는 제 기능을 할 수 없고 임종 과정이 이미 시작되었는데 어쩌겠는가. 호스피스는 가족이 사랑하는 이의 죽음을 받아들이도록 도와야 한다. 또한 가족이 죽음을 받아들인다는 메시지를 말로 표현할 수 있게 도와야 한다. 그래야 임종을 맞는 사람이 떠나도 좋다는 허락을 받고, 남아 있는 사람들에 대한 걱정을 내려놓을 수 있다.

이렇게 해야 서로 간에 정서적인 갈등을 줄이면서 임종을 맞을 수 있다. '세상에, 엄마, 엄마가 가고 나면 나는 엄마가 그리울 거예요'와 같은 말로 있는 그대로 솔직하게 가족의 마음을 표현할 수 있다. 또는 표현은 달라도 같은 메시지인 '어떤 일이 일어나도 나는 괜찮을 거예요'라고 말할 수도 있다. 이런 말이 전환점이 되어 임종 환자가 무거운 마음을 내려놓고 자신의 마지막 여정을 떠날 수 있다.

내 환자들은 특별하지만 그중 한 여자는 진정 내 마음을 끌었다. 그녀는 몸 일부가 암의 공격을 받았고 나머지 몸도 방사선 치료와 화학 치료로 만신창이가 되었다. 영양분과 수분을 섭취할 수 없어 몸은 뼈만 앙상하게 남았고 간이 손상되어 피부는 샛노래졌다. 피부 여기저기에는 종양 삼출물滲出物을 배출시키기 위해 만들어놓은 구멍이 나 있었다. 그러나 그녀는 버텨냈다.

나는 완다가 굳센 신앙심을 갖고 있고, 가족은 완다가 하나님께 귀의해도 좋다는 허락을 했다는 것을 알았다. 그것은 어렵더라도 꼭 필요한 일이다. 그런데 왜 완다가 아직 머뭇거리고 있는지 알 수 없었다. 어느 날 완다를 씻겨주면서 내가 물었다.

"완다, 당신은 이제 떠날 준비가 다 끝난 것 같은데 왜 아직 여기 있는 거지요?"

의식은 희미하고 며칠 동안이나 말을 하지 않았지만, 완다는 내 말에 눈을 뜨고 속삭였다.

"저도 가고 싶지만, 기다려야 한다는 말을 들었어요. 저를 데려갈 누군가를 기다려야 해요."

가족들은 완다의 말을 듣고 마음이 불편하고 걱정스러웠다. 그 말은 가족 중 어느 누군가가 죽을 것이라는 의미가 아닐까 싶었기 때문이다. 완다의 말은 여태까지는 한 번도 생각해보지 못했던 질문들을 불러일으켰다.

우리는 언제나 짝을 지어서 가는 것인가? 하나님이나 천국을 알지 못하는 사람이나 아기처럼 죽음의 길을 알지 못하는 사람은 다른 사람이 인도를 해주어야 하는 것인가? 완다는 내가 더 캐묻기 전에 다시 무의식 상태로 깊이 들어가버렸고 다시는 의식을 회복하지 못했다.

오랜 기다림 끝에 완다는 마침내 금요일 밤 7시에 평화롭게 숨을 거두었다. 나는 완다의 죽음을 알리기 위해 다음 날 그녀의 담당 의사에게 전화를 걸었다. 그는 완다에게 명복을 빌고 난 후에 덧붙였다.

"참, 이상하지 않나요? 완다와 같은 나이인 또 다른 여자 환자가 있어요. 진단명도 같고……. 그녀도 어젯밤 정확히 같은 시간에 세상을 떠났어요."

우리는 수많은 임종을 경험하지만, 우리가 임종에 대해 알지 못하는 것이 훨씬 더 많다는 사실을 완다는 내게 상기시켜주었다. 임종 환자들이 보여준 환영幻影, 관념, 감정들로 보자면, 그들은 전적으로 다른 차원의 경험을 할 수 있는 것 같다. 삶의 마지막 순간을 아직 맞아보지 못한 사람들로서는 절대로 알 수 없는 차원의 경험이다. 그러나 우리는 그것을 분명히 이해하도록 노력해야 한다.

죽어가는 사람의 침상 곁에서 보낸 그 많은 세월을 겪고 나서 내가 절대적인 확신으로 받아들이게 된 것이 있다. 내가 이 생을 다 산 다음 그 너머에서 죽음의 문 앞에 다다랐을 때, 그 순간에 대해 아무것도 두려워할 필요가 없다는 것이다. 나는 그것을 다음 경험으로 확장하거나 징검다리처럼 건너는 다리 같은 것으로 본다. 나는 자기 자신의 죽음과 마주하는 경험을 통해 이런 깨달음을 내게 전해준 환자들에게 영원히 감사한다.

"누가 당신을
데리러 왔는데요?"

　　　　내 휴대전화가 울렸을 때 나는 우리 카
운티의 규모가 큰 요양원 4층에 있었다. 전화를 걸어온 사람
이 누구인지 얼른 보았더니 우리 호스피스 팀에서 환자 등록
을 담당하는 간호사 리사였다. 내가 알기로는 그녀도 오늘 이
요양원에 나와 있어야 했다. 내가 새로 맡게 될 환자의 등록
절차를 마쳐야 했기 때문이다. 전화를 받자 리사가 말했다.

　"재닛, 잠깐 시간을 내서 3층으로 내려와 줄 수 있어요? 당
신의 새 환자 월트를 좀 만나주었으면 하거든요. 월트의 가족

이 모두 여기에 와 있는데, 아버지를 돌볼 간호사를 만나보고 싶어 해요."

곧바로 나는 3층으로 내려갔다. 나는 언제나 새 환자를 만날 때면 마음이 들뜬다. 또한 환자 가족에게도 그 힘든 시간이 시작될 때 간호사와 신뢰 관계를 맺는 것이 얼마나 중요한 일인지 안다. 서로 간에 신뢰가 빨리 생기면 생길수록 환자뿐만 아니라 가족도 미련을 쉽게 떨쳐버릴 수 있다.

나는 병실 문을 두드리고 들어갔다. 한가운데에 남자 둘과 여자 둘이 한 줄로 서 있었다. 리사는 그들이 월트의 딸과 사위라고 소개했다. 오른쪽에 놓인 침대에는 월트가 안경 너머로 미소와 환영의 눈빛을 보내며 앉아 있었다. 한 손에는 책을 들고 한 손에는 레모네이드 캔을 들고 있었다. 이 가족에게서 내가 받은 첫인상은 애정과 배려였다. 나는 축복받은 기분이었다. 이 환자와 그를 사랑하는 것이 분명해 보이는 가족을 위해 일하게 된 것이 기뻤다.

나는 월트의 침대에 걸터앉았다. 그가 읽고 있는 책이 무엇인지, 이제 곧 점심 식사가 나올 텐데 배가 고프지 않은지 묻는 것으로 가볍게 대화를 시작했다. 나는 그의 손을 꼭 쥐고 내일 다시 방문하겠다고 말했다. 월트는 감사한 마음을 담은 작별 인사를 했고, 리사가 월트의 등록 절차를 마무리하는 동안 다시 4층으로 돌아와서 다른 환자를 보살폈다.

그런데 채 15분도 지나지 않아 리사가 다시 내게 전화를 했다. 좀 급하게 서두르는 목소리였다.

"월트를 환자로 받지 못하게 되었어요."

그런 다음 리사는 한동안 말을 잇지 못했다.

"월트가 방금 세상을 떠났거든요."

나는 경악했다. 바로 15분 전에 레모네이드를 마시고 나와 책 이야기를 하면서 미소 짓던 사랑스럽던 남자가 죽었다고? 그러자 리사가 내가 병실을 나간 후에 일어난 일을 설명했다.

월트의 가족도 내가 나온 직후에 떠났으므로 월트는 누구의 방해도 없이 점심을 즐길 수 있었다. 리사가 그의 침대 옆에 앉아 간호 일지를 작성하고 있는데, 월트가 조용히 말했다.

"미안하지만, 지금 좀 나가주셔야 할 것 같아요."

리사는 놀라서 월트의 말을 의심했다.

"월트, 지금 저더러 나가달라고 하신 건가요?"

월트가 엄숙한 표정으로 리사를 바라보며 말했다.

"네, 부탁이에요."

리사는 그가 혼자 있고 싶어 하는 것 같아 자기 물건을 챙기기 시작했다. 그리고 다시 한 번 물었다.

"제가 나가주기를 원하는 어떤 이유가 있나요?"

월트는 별일 아닌 듯 대답했다.

"그들이 나를 데리러 왔어요."

리사는 무슨 말인지 이해할 수 없어 월트 쪽으로 몸을 숙이며 속삭였다.

"월트, 누가 당신을 데리러 왔는데요?"

월트가 왼쪽으로 몸을 돌려 그의 왼손을 아무도 없는 빈 공간을 가리키며 경건한 어조로 말했다.

"이 사람은 제 아내 오드리예요."

그런 다음 한 번 더 손짓을 하면서 경건하게 속삭였다.

"이분은 우리의 주님입니다."

리사는 월트를 직접 면담했으므로 그가 암 말기 단계에 있어도 정신이 혼미하거나, 시간이나 공간이나 방향을 인식하지 못하거나, 사물을 혼동하지 않는 상태임을 잘 알았다. 월트는 매번 리사가 묻는 질문에 정확하게 대답했다. 모든 질문에 망설임 없이 스스로 잘 대답했다. 그의 가족도 그의 말이 모두 틀림없다고 확인해주었다.

리사는 군소리 없이 가방과 서류를 챙겨들고 간호사실로 돌아와 그의 등록 절차를 마무리했다. 그 일을 마치는 데 15분도 채 걸리지 않았다. 리사는 일을 끝내고 월트에게 작별 인사를 건네기 위해 다시 그의 병실로 갔다. 그가 잠들어 있는 것으로 보여 그를 깨우고 싶지 않았다. 그러나 월트는 이미 숨을 거둔 상태였다. 그녀가 방을 나온 그 짧은 시간에 이미 세상을 떠난 것이었다. 아내가 정말로 그를 데리러 온 모양이었다.

아내와의
마지막 통화

　　나이가 아흔세 살인 유진은 내가 만나본 가장 진보적인 노인이었다. 그는 여러 가지 부작용을 염려해 처방약을 극도로 싫어했다. 어떤 종류가 되었건 처방약을 받아본 사람은 약사가 주는 길고 무서운 부작용 목록을 보았을 것이다. 심지어는 타이레놀 같은 처방이 필요 없는 일반 의약품도 먹어서는 안 되는 사람이 있고, 잠재적인 위험을 갖고 있는 사람이 있을 수 있다. 모든 약에는 이로운 작용과 함께 부작용이 있다는 말이다.

유진은 부지런하게 자연요법을 조사했고, 그의 처방약 중 많은 것을 자연 성분의 보조제로 바꾸었다. 또한 그런 그의 노력은 좋은 효과를 냈다. 그뿐만 아니라 그는 식단에도 세심한 주의를 기울였으며 가능한 한 건강한 음식을 섭취해 자기 몸에 좋은 영양분을 공급하고자 했다. 그는 집 안에서만 생활했으므로 딸 캐럴과 캐시, 상주 간병인 해리엇이 그가 원하는 것을 구해다주었다.

그렇게 연로한 나이에도 유진은 왕성한 독서가였고 대부분의 시사 문제에 대해 아주 박식했으며 의견이 많았다. 그는 정치, 경제, 사회, 인물에 대해서 모두 해박했다. 제2차 세계대전에 관해서도 전문가였고 흥미로운 정보를 많이 알고 있었다. 그가 그 전쟁에 참전한 경험이 있었기 때문이다.

유진은 '에너지 힐링'(대체의학의 하나로 치료자가 치유 에너지를 환자에게 넣어주면 주변의 정상적인 에너지와 공명해 자연치유력을 높인다고 믿는 치유법이다. 생체장 치료, 기 치료, 치유적 접촉 요법, 레이키 등 여러 이름으로 불린다)에도 관심이 있었는데, 그는 치유를 위해 가방에 수정水晶을 넣어 갖고 다녔다. 또 자기 병을 치료해준다고 믿고 주머니와 침대 아래에 언제나 돌을 넣어두었다. 내가 치유적 접촉 치료사Therapeutic Touch practitioner 교육을 받았다는 것을 알고부터는 방문할 때마다 치유적 접촉 요법을 받고 싶어 했다. 이 요법이 주로 몸의 에너지장場에서 이루어지고 몸을 직접 접촉하지는 않지만 유진은 내 손이 그의 몸 위를 맴돌 때 그 움직임을 알아챘다. 그의 눈은 감겨 있고 내 손은 그의 피부에서 10센티미터도 넘게 떨어져 있어도 그는 말했다.

"원, 당신은 지금 원을 그리고 있군."

그의 등 뒤에서 치료 작업을 하고 있을 때도 "바로 거기야. 내 어깨 바로 근처" 하고 말했다.

유진의 병명은 심부전증이었고, 이 병은 상태가 좋아졌다 나빠졌다 했다. 병세가 '톱날' 양상으로 빠르게 바뀌는 것이다. 이렇게 상태가 들쭉날쭉하면 가족뿐만 아니라 환자도 몹시 힘들어한다. 환자는 무기력과 호흡곤란, 반응 저하 증상을 보이면서 상태가 나빠진다. 그렇게 되면 임종이 머지않아 보인다. 그러나 어찌된 일인지 신체는 전세를 역전하고 회복한다. 그리고 나서 똑같은 일이 일어나고 가족은 임종을 맞을 준비를 한다.

그런데 또 환자가 회복한다. 이런 반복은 정서적으로도 지치고 환자나 가족 모두 진이 빠지게 만든다. 유진이 호스피스 돌봄을 받는 동안에도 이런 일이 얼마나 많이 반복되었는지 모른다. 우리는 재미있고 사랑스러운 신사가 우리와 함께 가능한 한 오래 머물러주기를 바랐지만, 그가 세상을 떠난다는 사실은 분명했다.

이쯤에서 임종 경험과 관련해 이야기되는 '일시적 회복' 현상을 언급하고 넘어가는 것이 좋겠다. 어떤 병을 앓고 있건 병세가 심각하던 환자가 몇 주나 몇 개월 동안 통 내지 못하던 에너지를 모아 갑자기 깨어나는 일이 있다. 정신은 또렷해지고, 몸은 가뿐해지고, 식욕은 질병 전 상태로 돌아온다. 환자가 갑자기 침대 밖으로, 또는 집 밖으로 나가고 싶다고 말하기도 한다. 온몸을 내리누르는 피로감으로 일주일 전만 해도 꿈도 꾸지 못할 모험이었는데 말이다. 환자의 몸이 점점 더 강해지고 좋아지는 것처럼 보인다.

예상했겠지만 이런 회복은 오래 가지 못한다. 이런 일을 늘 지켜보아온 우리는 이 현상이 몸이 가진 모든 것을 '마지막 노력'에 한꺼번에 쏟아붓는 것이라고 생각한다. 사람이 병에 유린당했거나 노환으로 쇠약해졌을 때는 이런 에너지 분출도 오래 지속되지 않는다. 보통 하루나 이틀 안에 몸은 다시 약해져 임종 과정이 계속된다. 설령 이런 일시적 회복이 일어나도, 그것을 알아채기가 쉽지 않을 수도 있다. 그런 일이 내가 설명한 것처럼 그렇게 지속되지 않을 수도 있기 때문이다. 그러나 지나고 보면 보통은 그런 회복이 실제로 일어났음을 명확히 알 수 있다. 많은 가족이 이런 말을 한다.

"있잖아요, 지금 생각해보면 우리 어머니가 돌아가시기 직전 사흘 동안 다른 사람 같았어요."

그것이 일시적인 회복이다. 어쨌거나 그것은 임종이 주는 또 다른 선물이고, 우리는 그것을 일시적인 현상이라도 해도 즐길 수 있어야 한다.

어느 토요일, 딸 캐시는 멀리 떠나 있었고 캐럴은 가족 행사에 갔으며, 해리엇은 주말이라 쉬는 날이었는데, 유진의 상태가 다시 나빠졌다. 그 주말 동안 임시 간병인 도나가 그를 돌보았다. 도나는 유진의 상태와 행동이 전에도 수없이 회복과 악화를 반복하는 것을 보았다. 그날 도나는 유진이 안전하고 편안하게 침대에 머물게 했다. 유진의 신체 반응은 떨어졌고 정신도 오락가락했으며 호흡곤란과 함께 다른 심부전 증상도 있었기 때문이다.

그날 오후 늦게 유진은 침대 옆에 놓여 있던 텔레비전 리모컨을 집어 들었다. 텔레비전 채널을 돌리는 대신 그것을 그의 귀에 갖다 댔다. 그런 다음 그것을 이용해 천국에 있는 아내에게 전화를 걸었다. 유진은 세상을 떠난 아내와 한 시간이나 전화 통화를 했다. 도나는 그의 딸들을 위해 통화 내용을 적어두었다. 그가 한 말에는 정신이 온전치 못하다는 징후는 전혀 없었다.

유진은 아내에게 캐시는 몹시 원했던 여행을 떠났고, 캐럴이 새 직장에 다니게 된 것이 얼마나 기쁜지 모른다고 말했다. 그는 해리엇이 점점 더 많아지는 간병일로 얼마나 피곤해하는지 모른다며 그녀에게도 휴식이 필요하다고 말했다. 자기는 언제나 아래층 식당으로 내려가 뜨거운 코코아를 마시는데 어제 마신 코코아가 이제껏 마신 코코아 중에서 가장 맛있었다고도 했다. 유진은 아내의 말에 귀를 기울이고 있는 듯 잠시 말을 멈추기도 했다. 킬킬거리며 웃기도 했다. 그는 몇 번이고 말했다.

"나는 준비가 되었어. 모든 것이 다 제대로 되고 있다고 ……. 나는 곧 당신에게 갈 거야."

몇 번이나 유진은 텔레비전 리모컨을 통해 들려오는 말을 듣고 난 후에 웃으면서 말했다.

"내가 말했잖아. 내가 곧 간다고! 침착하라고!"

그는 아직 딸들이 어린아이였을 때 가족과 함께 외출해 핫도그를 먹은 일과 다른 일들도 추억했다. 가끔씩 그는 질문에 대답하는 것으로 보이는 말들도 했다.

"정말이야? 당신은 그렇게 생각해?"

그런 다음 그는 오직 그만이 들을 수 있는 대답에 주의 깊게 귀를 기울였다. 한 시간쯤 지나자 유진은 기력이 더 쇠해졌다. 속 깊은 대화는 중얼거리는 소리로 변했고 문장도 완성되

지 않았다. 도나는 유진의 손에서 부드럽게 '전화기'를 빼어
낸 다음 함께 기도를 올렸다. 도나는 유진에게 이불을 덮어주
고 잠을 좀 자라고 말했다. 그가 대답했다.

"좋아요. 당신도, 좀 자도록 해요."

몇 시간 후에 도나가 잠에서 깨어났을 때 유진이 한 말이
진실이었던 것으로 밝혀졌다. 아내와 데이트를 하면서 했던
약속을 지킨 것이었다.

웃고 있는
예수

      왜소한 몸에 붉은 머리를 가진 신사 루디는 누구에게나 반갑게 미소를 건넸다. 그런 그의 태도는 자신이 죽어가고 있다는 사실을 알면서도 변치 않았다. 그의 아내 로렌은 평생의 사랑을 잃게 된다는 상실감에 빠져 있었으나, 사랑하는 남편을 위해 억지로 용감한 척했다.

  루디는 내가 방문할 때마다 성경 구절을 들려주었다. 자기 곁으로 끌고 가서는 좋은 성경 구절을 열광적으로 읽어주었다. 그런 다음 책을 덮고 탄성을 내질렀다.

"노아! 나는 곧 노아를 만날 것이다."

다음번에 방문했을 때는 모세였다.

"모세! 나도 모세와 같은 곳에 살게 될 것이다. 진짜 모세 말이야!"

그의 얼굴은 나를 향해 빛을 발했고 자신의 행운을 믿을 수 없다는 듯 고개를 흔들었다. 신앙은 루디에게 큰 기쁨을 주었고 기대감을 품게 했다. 심지어는 자신의 죽음에 대한 열망으로 가득 차게 만들었다. 그에게는 죽은 후에 맞게 될 세상이 그가 지금 있는 곳만큼이나 실제로 느껴졌다.

어느 날 그와 성경 이야기를 한 후에 내가 그에게 웃고 있는 예수의 그림을 본 적이 있느냐고 물었다. 내가 말한 그림은 예수가 머리를 뒤로 젖히고 눈가에 온통 주름을 만든 채 웃느라 눈이 감겨 있는 그림이었다. 그림에서 예수는 배꼽을 잡을 정도로 웃기는 일을 즐기고 있는 것으로 보였다. 나는 그 그림을 몹시 좋아했고, 그것은 우리가 흔히 볼 수 있는 일반적인 엄숙한 그림과는 사뭇 달랐다. 루디는 그런 그림을 본 적이 없다고 했으므로 내가 갖고 있는 그림을 복사해서 다음번 방문

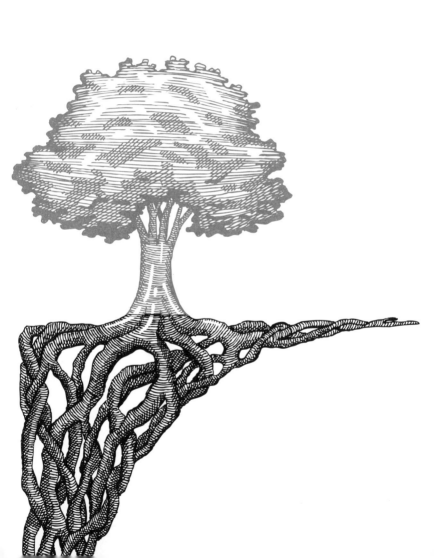

때 가져다주었다. 그가 그림을 들여다보더니 눈가가 촉촉해져서 말했다.

"그래, 이것이 내가 만나길 원하는 예수의 모습이야."

루디는 그 그림을 자신이 자주 볼 수 있도록 침대 맞은편 벽에 붙여달라고 했다.

어느 날 밤중에 로렌이 우리 호스피스 팀에 전화를 걸어왔다. 루디가 숨을 거두었다는 것이다. 그의 죽음을 선고하고 환자가 집에서 숨을 거두었을 경우 필요한 일들을 처리하기 위해 새벽에 그의 집으로 갔다. 로렌이 현관에서 나를 맞아주었다. 얼굴은 눈물범벅이었고 남편의 죽음을 못 믿겠다는 표정이었다. 그녀는 말없이 나를 자신의 사랑하는 남편이 누워 있는 방으로 데려갔다. 루디는 웃고 있는 예수를 바라보면서 침대에 앉아 있었다. 앉은 채로 숨을 거둔 그의 얼굴에는 커다란 미소가 걸려 있었다.

천국의 문
앞에서

　　　　　　노먼은 평생 신학을 공부하고 가르치는
데 바쳤다. 그는 교육자로 살아가는 내내 열심히 배우고자 하
는 수많은 학생에게 그저 신학을 가르친 것만이 아니라 신학
에 대한 열정을 불어넣었다.

　나는 호스피스 환자 평가를 위해 월요일 아침에 노먼의 아
들과 아내를 만났다. 아직 노먼을 살펴보지는 않았지만, 그의
가족이 들려준 말만으로도 그가 이 세상에 머물 날이 얼마 남
지 않았음을 알 수 있었다. 그는 말기 단계의 알츠하이머를 앓

고 있었고, 한 주 한 주 상태는 더 악화되어가고 있었다. 말 그대로 영원한 작별을 고해야 할 시간이 다가오고 있었다. 일단 알츠하이머 환자가 음식을 거부하기 시작하면 천국의 문에 다다랐다고 본다. 노먼은 그 길에 이미 들어선 것으로 보여 그날 바로 호스피스에 등록되었다.

노먼은 마지막 내리막길에 들어섰어도 상당히 잘 지냈다. 무엇보다도, 탈수로 인해 생긴 듯한 약간의 체온 상승 외에는 약물로 치료해야 할 다른 증상이 없었다. 통증도 없었고, 불안도 없었으며, 호흡이 좀 힘든 것 외에는 모두 좋아 보였다. 우리는 노먼의 몸을 닦아준 다음 편안하게 자세를 바로 해 눕혔다. 아내가 항상 그의 옆에 있었고 다섯 자녀들도 지난 사흘 동안 날마다 낮이면 왔다가 밤에 돌아갔다.

모든 환자에게 증상 관리를 위해 의료적 중재가 필요한 것은 아니지만, 간호사들은 환자의 안위를 위해 여러 가지 보조 요법을 쓴다. 방 안에 조용하고 차분한 음악이 흐르도록 해주는 것과 같은 간단한 방법을 사용하기도 하고, 이완을 위해 가벼운 마사지 요법이나 치유적 접촉 요법을 쓰기도 한다. 그것은 임종 환자의 마음과 몸에 훌륭한 이완 효과를 낼 수 있다.

오래전부터 나는 내 직관이 시키는 대로 바이올렛 오일을 사용하기 시작했다. 아로마 요법에 쓰이는 바이올렛 오일이나 라벤더 오일을 임종 환자의 이마에 가볍게 발라주면 이완에 도움이 되었다. 보라색은 죽음을 상징하는 것은 물론이요, 모든 영적인 변화와도 연관이 있다. 이렇게 바이올렛 오일을 사용한 이후 나는 그 효과를 실감했다. 놀랍게도 나이팅게일도 크림전쟁 중에 병사들의 안위와 평화를 증진하기 위해 같은 요법을 사용했다는 기록이 있다. 사실상 이것은 고대까지 그 역사가 거슬러 올라간다.

노먼이 악화되기 시작한 지 사흘째 되는 날 아침에 나는 요양원에 와서 그의 상태를 확인하고 그가 편안한지 살폈다. 방으로 들어갔을 때 폴 신부님이 침대 옆에 서서 「시편」 23편을 읽고 있었다.

"여호와는 나의 목자시니 내게 부족함이 없으리로다. 그가 나를 푸른 풀밭에 누이시며 쉴 만한 물가로 인도하시는도다……."

나는 노먼에게 다가가 그의 팔을 잡고 조용히 기도를 올리기 시작했다. 갑자기 노먼의 얼굴에 커다랗고 기쁨에 찬 미소가 피었다. 그가 태양으로 향하듯 고개를 들었다. 폴 신부님과 나는 놀라움과 경이로움에 차서 서로를 바라보았다. 그런 다음 다시 노먼을 바라보았다.

노먼은 15초에서 20초 정도 그 황홀한 미소를 짓고 있었다. 그런 다음 그의 어깨가 느슨해지면서 숨을 한 번 내쉬더니 매우 조용하게 숨을 멈추었다. 그때 노먼의 가족이 도착했다. 처음에 그들은 임종을 지키지 못한 것에 슬퍼했지만, 그가 얼마나 특별하고 행복하게 떠났는지 듣고는 기뻐하고 감사했다. 그의 딸은 말했다.

"마침내 아버지는 자기가 평생 가르쳐온 것을 직접 보게 되었어요."

"나는 우주의
일부가 되었어"

조지아와 릴리는 자매 이상으로 가장 친한 친구 사이기도 했다. 둘은 한 명이 이혼을 겪을 때도, 한 명이 배우자의 임종을 지킬 때도 늘 함께한 동반자였다. 벽과 탁자에 붙여 놓은 사진들은 두 사람이 그동안 얼마나 친밀하게 지내왔는지 보여주었다. 멋들어진 모자를 쓰고 포즈를 취한 사진이며 파티에서 크게 웃어젖히고 있는 모습도 있었고, 유람선 여행에서 광대짓을 하고 있는 사진도 있었다. 조지아는 자매를 잃을지 모른다는 사실을 믿을 수 없었고 절대로 그런 일이 일어나도록 내버려두지 않겠다고 말했다. 조지아의 마음을 알고 처음 릴리를 만났을 때 내 마음이 너무 아팠다.

내 앞에 있는 여인은 자신의 그림자만 남은 것 같았다. 몸은 비쩍 말라 뼈만 남았고 침대에서 몸을 돌려 누울 기력조차 없었다. 나를 보자 그녀의 마른 얼굴이 과자 부스러기처럼 찌그러지더니 울기 시작했다. 조지아가 잠시 방을 나가자 릴리는 속삭였다.

"이제 저는 못하겠어요. 당신이 언니에게 그 말을 할 수 있게 저를 도와주어야 해요. 언니도 알아야 해요."

나는 릴리의 손을 꼭 쥐고 그녀에게 더는 애쓰지 않아도 된다고 말해주었다. 그리고 조지아에게 릴리의 삶이 얼마 남지 않았다고 말하기로 마음먹었다. 그 말을 어떻게 쉽게 꺼낼 수 있는지 알려달라고 하나님께 간구하기도 했다.

조지아가 다시 방에 들어오자 릴리는 내게 고개를 끄덕이고 눈을 깜박이며 간청하는 눈길을 보냈다. 나는 조지아에게 릴리가 한 말을 그대로 전했다. 내가 내 가슴에서 나오는 말을 할 때마다 릴리는 수긍한다는 듯 고개를 끄덕였다. 릴리는 이미 자신이 바라는 것보다 너무 오래 암과 싸워왔다고 말했다. 그것이 조지아에게 상처와 상실감을 덜 주는 것이기 때문에 그렇게 애를 썼다고 말했다. 이제 릴리는 이 세상이 아닌 더 나은 세상으로 가는 것이 낫다고 느낀다고 말했다. 릴리는 더 는 아픈 몸으로 누워서 살아가기만을 원치 않는다고 말했다. 그 말들은 성령의 인도로 나온 것이 분명해 보였다. 내가 말하 는 동안 릴리의 눈에는 안도와 감사가 넘쳤으므로 나는 그렇 다는 것을 알았다.

처음에는 조지아가 충격을 받은 것으로 보였다. 그런 다음 그녀는 울기 시작했다. 한참을 울었다. 그러나 그날 내가 집 을 나오기 전에 그녀는 릴리에게 이해한다고, 릴리가 떠나야 만 하는 것을 이해한다고 말했다. 릴리의 얼굴에 피어난 안도 감은 내가 절대로 잊지 못할 아름다운 것이었다.

다음 날 다시 방문했을 때 조지아는 어제 내가 집을 나간 직후 릴리는 얼굴에 커다란 미소를 짓고 천장을 바라보았다 고 말했다. 그것이 조지아를 행복하게 해주었다. 릴리가 그렇 게 환하게 웃는 것을 지난 몇 주 동안 한 번도 보지 못했기 때문이다. 조지아는 릴리에게 무엇을 보고 있느냐고 물었다. 릴리는 "나는 세상을 보았어! 내가 지구 위를 날고 있었거든. 그것은 너무 아름다웠어. 나는 우주의 일부가 되었어"라고 대답했다. 그녀는 가늘고 약한 팔을 들어 조지아의 눈에는 보이지 않았지만, 거기 함께 있다고 느끼는 무언가를 찾는 듯했다. 잠시 후에 릴리는 조용히 잠에 빠졌다. 그녀의 얼굴에는 여전히 환한 미소가 흐르고 있었다.

조지아가 그 이야기를 끝냈을 때 나는 임종을 앞둔 사람은 우리가 볼 수 없는 것을 보기도 한다고 설명해주었다. 영혼의 부름을 받은 사람은 우리가 보지 못하는 것을 볼 수 있다고 말이다. 그런 다음 나는 릴리를 보기 위해 방으로 들어갔다.

릴리의 호흡 양상은 변하기 시작했다. 점점 더 느려지고 얕아졌다. 나는 조지아에게 릴리 곁으로 더 가까이 다가가 앉으라고 했다. 조지아가 릴리의 손을 잡았다. 갑자기 조지아가 나를 올려다보더니 놀란 표정을 지어 보였다. 그녀가 말했다.

"릴리가 떠나는 것이 느껴져요. 지금 릴리의 에너지가 움직이는 것을 느낄 수 있어요."

곧바로 릴리는 평화롭고 고요하게 숨을 거두었다. 그녀의 영혼이 갇혀 있던 몸에서 빠져나가 자유를 얻은 것이다. 나도 마찬가지로 많은 경험을 했지만, 나중에 조지아는 릴리가 숨을 거두는 순간에 릴리의 몸을 맴돌던 한 줄기 연기 같은 걸 보았다고 말했다. 조지아는 내게 릴리의 임종 중에 존재했던 놀라운 영적인 에너지를 느낄 수 있게 해준 것에 대해 무척 감사해했다. 그녀는 그것을 자기가 가장 사랑했던 사람에게서 받은 특별한 작별 인사라며 가슴 깊이 간직했다.

제5장

죽음 앞에서 웃음을 잃지 않는 법

이 외출이 행복하기를.

그리고 다시 돌아오지 않기를.

— 프리다 칼로Frida Kahlo, 1907~1954 (멕시코 화가)

호스피스 유머란 아마도 모순 어법처럼 들릴 것이다. 하지만 호스피스에도 유머는 꼭 필요하고 무척 환영받는다. 정말이다. 호스피스에서 하는 일에는 슬픔, 비애, 상실감이 들어 있지만 그 반대의 것도 언제나 환영받는다. 또한 그런 일은 예기치 않게 일어난다. 내가 한 남자 환자에게 소변줄을 바꾸어야겠다고 말했던 날처럼 말이다. 그의 허락을 받고 내가 그의 가운을 들추었을 때 그가 모기만 한 소리로 중얼거렸다. "오, 세상에나. 나는 왜 사람들이 그것을 '사적인 부위'라고 부르는지 모르겠어. 병이 들자마자 모든 사람이 그것을 쳐다보는데 말이야. 그것을 '공적인 부위'라고 불러야 마땅해." 나는 그만 웃음이 터져버려 그 일을 겨우 마칠 수 있었다. 호스피스에서는 흔치 않은 일이지만, 이런 희극적인 상황이 벌어지면 잠시 긴장 상태가 풀어지게 된다.

"그거 전부 얼마나
들었어?"

돌리는 폐암으로 죽음을 앞두고 있었고, 집에서 가족의 돌봄을 받았다. 돌리의 10대 딸인 잰과 재니는 죽음을 이렇게 가까이에서 경험해본 적은 없었지만, 최선을 다해 어머니를 극진하게 보살폈다. 둘의 양아버지 대니도 돌리의 간병을 거들었다. 대니는 트럭 운전사였고 좀 거친 데가 있었지만 가족에게는 자상했다. 그 누구보다도 대니는 우리가 가르쳐주는 것을 귀담아 듣고 가슴 깊이 새겼다. 아내를 편안하고 흡족하게 해줄 수 있는 일이라면 모든 일을 다하기 위해서였다.

　처음에 내가 돌리의 집을 방문했을 때 돌리는 낮에는 집에 혼자 있었다. 딸들은 학교에 가고 대니는 일을 나가야 했기 때문이다. 하지만 머지않아 돌리의 병세가 악화되어 개인적인 요구마저 스스로 해결할 수 없게 되자 더는 혼자 지낼 수 없게 되었다. 돌리가 불편한 것은 말할 것도 없고 안전까지 우려되는 상황이었다. 악화된 환자의 상태로는 화장실에 가거나 물을 마시기 위해 부엌에 가다가 넘어져 심각한 상해를 입을 수 있었다.

　환자가 이런 병중에 있을 때는 내구성이 있는 의료 기구를 갖추도록 조언하는 것이 필요하다. 환자의 일상을 더 쉽고 안전하게 해주기 위한 것으로 가정에서 사용할 수 있는 의료 기구는 아주 많다. 우선 필요한 물품에는 보행 보조기, 휠체어, 병원침대, 침대 테이블, 환자 이동 장치, 이동 변기 등이 있다. 또한 샤워장에는 붙들고 앉고 설 수 있는 안전 손잡이를 달아야 한다.

　환자를 집에서 돌볼 때 의료인이 우려하는 또 다른 문제는 환자 간병자의 안전이다. 무거운 것을 들어올리고 환자를 옮기면서 다치기 쉽고, 자주 허리를 숙이고 무릎을 접어 앉다가 간병자가 몸을 상하는 일이 있기 때문이다. 간병자가 상해를 입으면 환자와 주변 사람들에게 새로운 문제를 안긴다. 이제 누가 환자를 돌볼 것인가? 지금까지는 오롯이 독립적으로 생활했던 돌리도 집에 몇 가지 의료 기구를 들여 놓는 일에 동의했다. 돌리는 병원침대로 옮기자마자 상태가 악화되기 시작했다. 이제 다시는 침대에서 나올 수 없을 것이 분명해 보였다.

돌리는 스스로 자신의 장례식 계획을 세우기 시작했다. 자기 삶이 끝에 이르렀다고 진심으로 받아들이는 환자들이 흔히 시도하는 일이었다. 다른 사람들에게는 믿기 힘든 일이지만, 그들에게는 장례식에 어떤 음악을 틀고 장식은 어떤 꽃으로 하며 옷은 어떤 옷을 입을지 정해두는 것이 삶을 정리했다는 위안을 준다. 돌리는 더는 발품을 팔아야 하는 일은 할 수 없었지만, 대니에게 자신이 원하는 것과 원하는 장례 방식을 당부했다. 돌리가 힘없이 말했다.

"내 가발을 잊지 말아요. 그리고 관에 누워서 예쁘게 보여야 하니까 뽕브라도요."

가발은 이미 갖고 있었지만 다른 물품들은 잰과 재니가 서둘러 나가 구입해야 했다. 대니는 장례식장을 예약한 후 아내가 구체적으로 요구한 일들을 모두 완수한 것에 대해 기쁘고 흡족해했다. 그가 속삭이는 목소리로 내게 말했다.

"아름다운 관을 준비했어요. 가장 비싼 것은 아니지만, 그렇다고 아주 싼 것도 아니에요."

그리고 돌리의 시신은 다른 가족들이 묻힌 묘에 안치될 것이라고 말했다. 돌리가 자기 자신의 장례 절차에 관여하고 싶어 했으므로 나는 대니에게 장례 계획을 돌리에게 이야기해주는 것이 좋겠다고 말했다.

돌리는 그때 반쯤 혼수상태에 있었지만 잠깐씩은 정신이 돌아오기도 했다. 나는 돌리가 우리가 하는 말에 반응할 수 있을지는 확신할 수 없었지만, 대니에게 그녀에게 말을 걸라고 격려했다. 자기가 원하던 일들이 모두 완수된 것을 알면 그녀가 마음의 평화를 얻을 수 있다고 믿었기 때문이다. 대니가 돌리에게 몸을 숙이며 말했다.

"모든 것이 다 당신이 원하는 대로 준비되었어."

돌리는 반응하지 않았다. 대니가 나를 올려다보았다. 나는 계속하라고 고개를 끄덕였다.

"관도 골랐는데, 당신 마음에 쏙 들 거야. 위스콘신에 있는 트레일러하우스의 싱크대 상부장과 같은 색깔이거든. 그리고 그 묘 말이야, 자리가 아주 좋아. 당신 자리는 맨 꼭대기 오른쪽 구석이야."

그가 더 말하고 싶은 것을 참지 못하겠다는 듯 불쑥 말했다.

"그 구역에서 왼쪽 대각선으로 곧장 내려가면, 당신, 이 사실을 믿지 못할 거야. 거기에 당신 언니가 있어."

나는 그의 말에 웃어야 할지 울어야 할지 몰랐다. 그렇지만 돌리는 슬며시 눈을 뜨고 대니를 쳐다보면서 속삭이듯 나직이 말했다.

"그거 전부 얼마나 들었어?"

배꼽은
모르핀 투약구

　　호스피스 돌봄에서는 투약 방식을 바꾸어야 할 경우가 종종 생긴다. 환자가 점점 쇠약해지면서 무엇을 삼키기도 어려워지기 때문이다. 이때 한 가지 방법은 경피經皮 패치로 약을 피부에 붙여 피부를 통해 약이 흡수되게 하는 것이다. 또 다른 방법은 설하舌下 투여법으로 메이플 시럽 정도의 점도粘度를 지닌 소량의 액체 약을 작은 점적기點滴器를 이용해 혀 밑이나 볼 안쪽에 떨어뜨려주는 것이다. 이때 약은 입안 조직에 있는 혈관으로 직접 들어가므로 환자가 약을 삼킬 필요가 없다.

이런 투약법들은 뜻밖의 선물 같은 것으로, 환자가 너무 허약하거나 심지어는 무의식 상태에 있어도 임종 과정에서 겪는 통증, 불안, 변비, 호흡곤란 같은 증상을 덜어준다. 어느 경우에는 약사가 혀 밑으로 투여하는 약에 향과 맛을 첨가해 쓰고 불쾌한 맛을 없애주어 환자의 불편함을 덜어준다. 이런 용도로는 스피어민트 향이 가장 많이 쓰인다. 간호사가 이런 약의 투약법을 설명해주면 가족은 약을 사용해야 할 증상과 징후를 알고 사랑하는 사람이 더 편안하게 지낼 수 있게 해줄 수 있다.

재키는 간암으로 임종을 앞두고 있었고 통증과 불안을 줄이기 위해 설하 투여 약물을 사용해야 했다. 그러나 재키는 약을 넣자마자 뱉어냈다. 민트, 라즈베리, 오렌지, 초콜릿 등 온갖 향을 다 시도했지만 소용이 없었다. 재키는 약을 뱉어버리고는 말했다.

"이 약맛을 도저히 견딜 수가 없어!"

어느 날 저녁 재키가 자다 깨다 하고 있을 때 쌍둥이 딸 수와 세라가 어머니 몰래 약을 주기로 했다. 물론 어머니를 좀더 편안하게 해주기 위해서였다. 둘은 약이 구강 조직을 통과해 혈관으로 곧장 들어가 작용한다는 말을 들었던 것을 기억하고 고심 끝에 다른 경로를 시도해보기로 했다.

다음 날 내가 예정대로 방문했을 때 두 딸은 현관문으로 달려나와 자신들이 돌파구를 찾았다면서 법석을 떨었다. 자랑스럽게 둘은 자기들이 어떻게 어머니에게 약을 주었는지 설명했다. 어젯밤에 어머니가 잠이 들었을 때 살금살금 어머니 방으로 들어가 약을 주었단다. 배꼽을 모르핀 투약구로 써서!

나는 그들이 뭔가를 배우긴 배웠지만, 그것이 기발한 것이 아니라 어처구니없는 행동이라는 것을 깨우쳐주고 싶었다. 그래서 그들에게 어머니가 어젯밤에 잘 잤느냐고 물었다. 그들은 말했다.

"아주 잘 주무셨어요. 한 번도 깨지 않고요."

지난 번 방문한 후로 재키가 사실상은 진통제를 한 번도 투여 받지 못해 통증이 있었을 거라고 짐작했다. 나는 그들이 사용한 투약 경로에 대해 배꼽을 잡을 만큼 우스운 마음을 드러

내지 않으려고 노력했다. 그리고 그날 아침 어머니가 일어났을 때 기분이 어땠느냐고 물었다. 둘은 서로를 바라보며 입을 맞춰 합창했다.

"엄마가 끈적거린다고 했어요!"

"호스피스는 죽는 것을
기쁨으로 만들어드립니다"

내가 새로 맡게 될 환자는 스물일곱 살 먹은 젊은이인데, 말기 단계의 악성 흑색종(멜라닌 색소를 만들어내는 멜라닌 세포의 악성화로 생긴 종양)을 앓고 있다고 했다. 그 말에 나는 환자를 돌보면서 내 감정을 잘 추스를 수 있을지 걱정스러웠다. 내 아들보다 겨우 몇 살 더 먹은 환자라 나는 더 절박한 심정이 되었다. 그렇지만 데이비드를 만나고 나서 마음이 좀 누그러졌다. 그가 편안해 보였으므로 내 마음도 편안해졌던 것이다. 그러나 나는 어떻게 이런 일이 가능한지 이해되지 않았다. 내 나이에도 약간은 죽음에 대해 주춤거리거나 내 삶을 죽음 앞에 내놓아야 하는 일에는 준비되어 있지 않다. 그런데 어떻게 이렇게 젊은 사람이 죽음 앞에 초연할 수 있을까?

데이비드가 현관에 나와 나를 미소와 악수로 맞아주었다. 그의 눈은 내가 지금까지 본 적이 없는 진한 초록 빛깔이었다. 그렇지만 첫눈에 보아도 그의 병세가 몹시 심각하다는 것을 알 수 있었다. 머리카락은 한 올도 없었고 피부 색깔은 오래된 자동차의 가죽 시트처럼 잿빛이었으며, 피부 질감도 거칠어 그의 상태가 얼마나 심각한지 보여주었다.

데이비드가 악성 흑색종 진단을 받은 것은 겨우 3주밖에 되지 않았다. 데이비드는 그보다 몇 개월 전부터 몸이 좋지 않다고 느꼈지만, 그 증상을 무시하고 지냈다. 이제는 병이 너무 진행되어 일주일 정도밖에 살 수 없을 거라는 말을 들었다. 그 후로 집으로 돌아와 부모님과 동생들의 보살핌을 받고 있었다.

"일주일은 길지 않은 시간입니다. 그렇지만 제 장례식을 계획하기에는 충분한 시간이에요."

빠르게 다가오고 있는 자기 삶의 마지막 날에 대해 데이비드가 무척 편안하게 말하는 것에 나는 놀랐다. 가장 믿기 어려웠던 것은 그가 자신의 임박한 죽음에 슬퍼하는 사람들을 위로하는 것을 보았을 때였다. 나는 그가 자기 어머니와 아버지를 안아주면서 부드럽게 "괜찮겠어요?"라고 묻는 것을 여러 번 보았다.

데이비드는 내게 자기 장례식 계획을 적은 노트를 보여주었다. 한 페이지에는 자신의 관을 들고 갈 사람들인 그의 형제들과 특별한 친구들의 명단이 들어 있었다. 다른 페이지에는 장례식에서 연주할 음악이 적혀 있었다. 퀸(영국의 록 밴드), 에어로스미스(미국의 하드 록 밴드), 저니(미국의 4인조 록 밴드)의 노래들이었다. 또 다른 페이지에는 자기 속옷에서부터 자동차까지 자기가 남긴 물건을 받을 사람들의 명단이 들어 있었다. 이제 막 삶을 시작한 젊은이가 바로 코앞까지 닥친 죽음을 그렇게 평화롭게 받아들이는 것을 보고 있자니 경외심이 일었다.

데이비드가 죽기 전 마지막으로 보았을 때 그가 나에게 말했다.

"저는 호스피스 돌봄을 받은 것에 매우 감사합니다. 제가 당신을 위해 광고를 만들었어요."

데이비드 특유의 스타일로 그는 카메라를 향해 웃고는 말했다.

"호스피스를 이용하세요. 그들은 죽는 것을 기쁨으로 만들어드립니다."

"우리는 그녀가
죽었는지 확실히 몰라요"

어느 날 유방암으로 숨을 거둔 젊은 인도인 여자의 죽음에 와달라는 요청을 받았다. 담당 간호사에게서 죽은 여인에게 남편과 열두 살짜리 아들이 있다는 이야기를 들었다. 호화로운 저택의 계단을 올라갔을 때, 입이 딱 벌어지게도 현관에 100켤레는 되어 보이는 신발이 놓여 있었다. 이 집에서는 신발을 벗는 것이 관례인가 보다 하고 나도 신발을 벗고 현관문을 노크했다. 중년의 동인도인으로 보이는 남자가 현관문을 열어주었다. 그는 아무 말도 하지 않고 나를 방으로 안내했다.

거실 쪽을 보니 100명은 되어 보이는 사람들이 남자 따로 여자 따로 모여 앉아 있었다. 사람들은 커다란 거실을 가득 채우고 부엌과 계단까지 채우고 있었다. 그러나 쥐죽은 듯 고요해서 바늘을 떨어뜨려도 그 소리를 들을 수 있을 것 같았다. 그들이 일제히 내 쪽을 바라보았다. 거실 가운데 놓인 병원침대 곁에 한 남자와 한 소년이 서 있었다. 나는 다가서서 두 사람에게 샥티의 남편과 아들인지 물었다. 그들은 고개를 끄덕였다. 나는 다시 샥티의 죽음이 평화로웠는지 물었다.

샥티의 남편 파벤이 커다란 눈으로 나를 바라보면서 문법이 엉망인 영어로 대답했다.

"잘 모르겠습니다. 우리는 그녀가 죽었는지 확실히 몰라요."

나는 그의 어깨를 도닥여주고 침대로 다가갔다. 침대에는 눈부시게 아름다운 여자가 누워 있었다. 그녀의 모든 것이 완벽했고 어린아이처럼 섬세했다. 죽은 사람이 그렇게 아름다울 수 있다니, 믿기지 않을 정도였다.

내 생각에는 남편이 샥티가 죽었는지 확신할 수 없다고 말

한 것은 현실에 대한 부정인 것 같았다. 그녀는 분명 숨을 쉬고 있지 않았고, 벨벳처럼 부드러운 피부의 색깔도 창백해지고 있었다. 사망선고를 해야 했으므로 나는 샥티의 심장이 뛰고 있지 않는 것을 알면서도 그녀의 가슴에 청진기를 올려놓고 귀를 기울였다. 30초쯤 후에 나는 파벤에게 고개를 돌리고 조용히 말했다.

"파벤, 당신의 아내는 숨을 거두었습니다."

빈 방처럼 조용했던 방 안에서 그 즉시 소리가 터져나왔다. 방 한쪽에 있던 여자들이 통곡을 시작했고 옆 사람을, 아니 아무나 부둥켜안고 울부짖었다. 방 다른 쪽에 있던 남자들도 몇 명씩 모여앉아 손짓을 해가면서 큰소리로 떠들었다. 나는 이 많은 사람을 어떻게 위로해야 할지 알 수 없었다. 내 직감은 그냥 조용히 지켜보면서 잠시 기다리라고 말했다. 나는 샥티의 가족과 친구들이 비애를 나누는 이런 방식이 그들의 전통이고 자연스러운 일이라는 것을 알게 되었다.

잠시 후에 나는 파벤에게 가정에서 환자가 임종한 경우 따라야 할 절차가 있고, 여기저기 전화할 곳이 많다고 설명했다.

그런 다음 장의사가 와서 아내의 시신을 데려가기 전에 몸을 닦고 옷을 입혀도 되는지 물었다. 그는 감사의 미소를 짓고는 옷과 목욕 도구를 챙기러 나갔다. 그때 두 여자가 내게 다가오더니 조용히 말했다. 한 사람은 샥티의 친구이고 한 사람은 자매라고 했다.

"우리가 도와드리겠습니다."

파벤이 필요한 것들을 챙겨들고 와서는 사람들에게 해야 할 일을 짧게 말하자 순식간에 모두 방을 빠져나갔다. 아름다운 샥티, 친구와 자매, 나만 남았다. 내가 샥티의 몸을 닦는 동안 두 사람은 두 걸음 뒤로 물러서서 한 명은 깨끗한 수건을 들고 한 명은 정교한 그림이 그려진 그릇에 향기로운 물을 담아 들고 서 있었다. 샥티의 몸을 닦은 후에 우리는 애정을 담은 손길로 조심스럽게 샥티의 몸에 오일을 발라주었다.

지난 몇 개월 동안 화학 치료를 받느라 모두 빠진 샥티의 머리카락이 이제 막 다시 자라고 있었다. 머리카락은 새의 깃털처럼 부드러웠지만 아주 짧고 여기저기 삐죽삐죽해서 그녀의 이국적인 이목구비와는 뚜렷한 대조를 이루었다. 샥티의 자매가 상자를 내밀었다. 열어보니 고급스럽게 빛나는 검은 머리의 가발이 들어 있었다. 나는 그것을 샥티의 머리에 조심스럽게 씌어주고 머리를 단정히 빗겨주었다. 샥티는 아름다웠다.

샥티의 친구가 침대로 상자를 두 개 더 가져왔다. 커다란 상자 안에는 내가 처음 보는 무척 아름답고 강렬한 붉은색 옷이 들어 있었다. 거미줄처럼 얇은 옷 가장자리에는 금박 장식이 박혀 있었다. 우리는 샥티의 몸에 헐렁한 바지와 횡격막 주변이 드러나는 블라우스를 입히고 샤리sari(인도·네팔·스리랑카·방글라데시·파키스탄 등지에서 성인 여성들이 입는 전통의상)를 둘러주었다. 두 여인이 작은 상자를 열어 금 장신구를 샥티의 몸에 달아주었다. 목걸이 여섯 개, 팔찌 열두 개, 귀걸이, 몇 개의 반지에다 이마 한가운데에는 정교하게 작은 점인 빈디bindi를 찍었다. 나는 한 걸음 물러서서 샥티를 바라보았다. 그녀는 완전히 변해 있었다.

침대에 누운 사람은 이국적인 인도 공주였다. 아이들의 동화에 나오는 공주 같았다. 그녀가 파티나 결혼식장에서 얼마나 아름다운 모습을 뽐냈을지 그려졌다. 그녀의 남편이 자기 아내가 얼마나 자랑스러웠을지 알 수 있었다. 오늘 밤 왜 100명이나 되는 사람들이 여기 모였는지도 알 수 있을 것 같았다. 그녀의 아름다운 모습에 숨이 멎을 것 같았다.

파벤과 사람들이 방으로 돌아왔다. 그들은 눈앞에 있는 아름다운 여자의 모습을 넋을 잃고 바라보았다. 얼마 안 있어 장의사가 와서 샥티의 시신을 인도해갔다. 걱정이 된 파벤이 내게 다가와 조용히 여기에 있는 사람들이 모두 장례식장까지 따라가도 되는지 물었다. 나는 얼른 이 사람들을 데려가기 위해서는 차가 몇 대나 필요할지 계산해보고 나서 시간을 확인했다. 새벽 2시 45분이었다. 나는 말도 안 되는 요구를 하고 있는 것은 알았지만, 파벤을 생각해서 장의사에게 그 일이 가능한지 물었다.

내 말을 듣자마자 그는 제정신이냐는 듯 나를 바라보았다. 그런 다음 상실감에 잠긴 샥티의 남편에게 몸을 돌려 그의 어깨에 손을 얹고 부드럽게 설명했다.

"장례식장에는 이 많은 사람이 들어갈 공간이 없습니다."

그렇지만 샥티가 가족인 것처럼 다루어주겠다고 약속했다. 파벤은 그 대답에 만족한 듯 고개를 끄덕였다.

나는 장의사를 도와 샥티의 시신을 이동침대로 옮기고 그녀의 몸을 벨벳 담요로 덮었다. 이동침대를 현관문 쪽으로 밀자 모든 사람이 네 줄로 늘어서서 영구차가 대기하는 곳까지 기도문을 합창하면서 따라갔다. 나는 공주의 장례 행렬을 지켜보면서 혼자서 저택의 현관에 서 있었다.

모르핀과
마약

　　호스피스 등록 서류에는 '현관문을 두드
린 다음 그냥 들어오세요. 안쪽 침실까지 복도를 죽 걸어 들어
오면 환자가 있습니다'라고 되어 있었다. 기록에는 베스가 쉰
일곱 살의 다발성 골수종(백혈구의 한 종류인 B림프구의 최종 성
숙 단계인 형질세포가 비정상적으로 분화·증식되어 나타나는 혈액
암) 환자로 침대에 몸져누워 지낸다고 되어 있어 그가 혼자 살
지는 않을 것이라고 짐작했다. 베스의 집에 도착했을 때 맨 먼
저 눈에 띈 것은 집이 무척 낡았다는 것이다. 현관문은 부서져

있었고 철망도 찢어졌으며 갈색 페인트는 벗겨졌고 마당에는 풀이 웃자라 있었다.

베스의 집은 이웃한 다른 집들과 현저한 대조를 이루고 있었다. 베스는 오랫동안 앓아온 다발성 골수종으로 집 안팎을 관리하지 못하고 있었던 것이다. 나는 현관문을 두드리고 기다렸다. 분명 누군가가 그녀와 함께 나타나리라. 두 번째 노크를 했을 때도 아무런 기척이 없자 문고리를 돌리고 안으로 들어갔다.

거실로 보이는 곳에는 커튼과 블라인드가 내려져 있어 어두컴컴했다. 퀴퀴한 냄새와 함께 오랫동안 환기를 하지 않은 실내 공기가 느껴졌다. 처음에는 두 젊은이가 소파에 웅크린 채 자고 있는 것도 몰랐다. 둘은 내가 지나가는 데도 미동조차 하지 않았다. 나는 베스의 침실로 들어갔다.

베스는 병원침대에 누워 있었다. 몸은 안타까울 정도로 말랐고 다리 근육은 앙상하게 오그라들어 있었다. 침대보도 더럽고 구깃구깃했으며 방 구석구석에 더러운 빨래가 쌓여 있었다. 감지 않은 머리카락은 꼭대기로 모아 올려 하나로 묶었고 얼굴은 잔뜩 찌푸리고 있었다. 그녀가 말했다.

"나는 괜찮아요, 도움은 필요 없어요. 나는 도움을 원치 않아요. 내 아들이 나를 돌봐줘요."

나는 호스피스 팀이 그녀가 더는 할 수 없는 일들을 도와줄 것이라고 설명했다. 목욕을 시켜주고, 침대보도 갈아주고, 방도 정리해줄 것이라고 말했다. 약값과 그녀를 더 편안하게 해줄 의료 기구 비용까지 모두 지원할 것이라고 말했다.

베스는 별로 만족스러운 표정은 아니었고 나를 외면했지만 얼굴에 싫은 기색은 없었다. 내켜하지 않는 환자를 달래가면서 몸 상태를 검사한 후에 등을 살펴보기 위해 그녀의 몸을 옆으로 돌려 뉘였다. 엉덩이의 엉치뼈 부위에 커다란 구멍이 나 있었다. 내 손만 하게 생긴 욕창에는 더러운 거즈가 덮여 있었다. 즉시 상처를 소독하고 거즈를 새로 갈아주었는데, 베스가 몹시 고통스러워했다.

모르핀을 처방받기 위해 즉각 의사에게 전화를 했다. 모르핀을 조금 주자 베스는 통증에서 벗어났고 완전히 누그러졌다. 베스가 좋아하는 텔레비전 드라마에 대해 이야기하기 시작했다. 아들이 밤에 일하기 때문에 낮에는 거의 하루 종일 잠을 잔다는 말도 했다. 그 말이 사실이라면 그가 어머니를 돌보는 데 시간을 얼마나 할애할지 보지 않아도 뻔했다. 나는 모르핀 병을 침대 옆에 놓아주고 그것을 얼마만큼, 얼마나 자주 사용할 수 있는지 설명해주었다. 침대보를 갈고 방을 좀 정리해준 다음 다시 현관문으로 나왔다. 두 젊은이를 지나왔지만 이번에도 둘은 곤한 잠에서 깨지 않았다. 내가 좀전에 그 문으로 들어갔다가 다시 나올 때까지 그대로였다.

사흘 후에 다시 방문했을 때는 의도적으로 조용히 걷지 않으려고 하면서 소파에서 자고 있는 두 젊은이를 지나쳤다. 아니, 이번에는 둘이 아니라 셋이었다. 바닥에서 웅크리고 자고 있는 젊은이가 하나 더 있었던 것이다. 베스의 침실로 들어서자마자 그녀가 소리쳤다.

"나는 모르핀이 더 필요해요. 통증이 심해서 다 써버렸다고요. 모르핀이 통증을 사라지게 해줘요."

이것은 좋지 않은 신호였다. 사흘 만에 모르핀 한 병을 모두 써버렸다니⋯⋯. 그녀는 모르핀을 두 시간마다 썼다고 했다. 통증이 너무 심한 경우 최대한으로 쓸 수 있다고 의사가 허락한 최대치였다.

나는 약국에 전화를 걸어 두 번째 모르핀을 주문했다. 전화를 끊었을 때 단정치 못한 차림새의 스물한두 살 먹어 보이는 젊은이가 문가에 서 있는 것이 보였다. 그는 나를 흘깃 보고는 인사도 하지 않고 "엄마, 모르핀이 더 필요하다고 이야기했어요?"라고 물었다.

베스가 그렇다고 대답하자 그는 더는 아무 말도 하지 않고 문밖으로 나갔다. 베스에게 그 젊은이가 아들이냐고 물었더니 베스는 방어적이 되었다. 베스가 말했다.

"그래요. 아들이 나를 잘 돌봐줘요."

그 주에 다시 방문했을 때도 내가 아들 이야기를 꺼내기만 하면 베스는 금방 살기등등한 태도를 보였다. 내가 베스의 집을 나올 때도 그는 들어올 때와 마찬가지로 소파에 웅크린 채 깊이 잠들어 있었다.

더는 두고 볼 수 없어 관리자에게 전화를 걸어 베스가 걱정스럽다며 솔직히 말했다. 약을 너무 많이 사용하는 것도 걱정이었지만, 가족에게 필요한 돌봄을 받지 못하고 있는 것도 우려스러웠다. 베스가 그렇지 않다고 강경하게 주장했지만 말이다. 관리자는 조만간 호스피스 팀과 행정 직원 모두 함께 베스를 간호하기 위한 회의를 열겠다고 말했다.

그다음 날 호스피스 간호조무사 질에게 전화가 왔다. 베스를 방문해 침상 목욕을 해주고 왔는데, 베스가 모르핀이 더 필요하다는 말을 전해달라고 했다는 것이다. 베스의 통증이 그렇게 심할 리는 없었다. 또한 질은 베스가 도움을 전혀 받지 못하고 있다고 했다. 베스는 배가 고프고, 갈증이 났으며, 더러웠다. 나는 호스피스 사회복지사 메리에게 전화해서 내 우려를 전하고 베스의 집에서 만나자고 했다.

베스의 집에 도착했을 때 언제나처럼 노크에 응답하는 사람은 없었다. 그리고 언제나처럼 거실 소파에는 두 남자가 잠들어 있었다. 베스와 인사를 나눈 후 그녀의 몸을 검사하면서 모르핀 문제와 어머니 간병에 소홀한 아들 문제를 꺼냈다. 그런데 오른쪽 창문 쪽에서 무언가가 어른거렸다. 고개를 들고 살펴보았을 때는 그 움직임은 이미 사라지고 없었다. 몇 분 후에 또 다른 창문을 통해 사람의 그림자가 보였다. 이어서 내 눈에 어두운 색깔 양복에 긴 코트를 입은 남자가 뒤뜰 잔디밭을 지나 집 쪽으로 다가오고 있는 것이 보였다.

베스에게 환자복을 입히고 있는데 우다닥 소리가 들렸다. 느닷없이 현관문과 뒷문이 모두 와락 열렸다. 실제로는 그들이 양쪽 문을 동시에 걷어찬 것이었다. 어두운 색깔 양복에 긴 코트를 입은 남자들이 손에 총을 들고 양쪽에서 들어오는 것이 보였다. 그 순간 집 다른 쪽에서 시끌벅적한 소란이 일었다. 소리가 나는 쪽으로 남자들이 달려들었다. 베스와 나는 겁에 질려 꼼짝도 못하고 있었다. 한 남자가 방으로 들어와 형사 배지를 보여주면서 거실로 나오라고 말했다.

그들이 블라인드를 올리고 커튼을 열었다. 처음으로 나는 거기 있는 사람들과 난장판이 된 방을 온전히 볼 수 있었다. 베스의 아들과 또 다른 젊은이에게 수갑이 채워졌고 형사들이 그들의 몸을 뒤졌다. 테이블에는 처방 마약 메타돈methadone (천연 마약보다는 의존성이 낮아 마약 중독자의 금단 증상을 치료할 때나 강력한 진통제가 필요할 때 처방되는 합성 마약) 병과 스피드

(각성제의 일종)와 약품들이 어지럽게 놓여 있었다. 비어 있는 베스의 모르핀 병 두 개도 보였다. 형사들은 두 남자를 경찰서로 끌고 갔다.

몇 분 후에 사회복지사가 도착했을 때 우리는 베스를 안심시키고 오후에 바로 요양원에 입원시킬 준비를 했다. 베스는 모르핀을 전혀 사용하지 못했다고 고백했다. 그 후로 베스는 요양원에서 호스피스 돌봄을 받으면서 편안하게 지내다가 몇 개월 후에 세상을 떠났다. 아들은 다시 만나지 못했다.

신이 베스에게 마지막 몇 개월을 평화롭고 편안하게 보낼 수 있게 배려해주지 않았더라면 어찌되었을까? 아마도 베스는 죽을 때까지 말도 못하고 고립된 채 고통을 받았을 것이다.

동굴과
바퀴벌레

　　호스피스나 방문간호 분야에서 일하는 사람들은 직감으로 판단해서 일할 수 있어야 한다. 새로운 환자를 맡았거나 그 환자의 가족이 문제가 될 때, 아니면 전에 본 적이 없는 환자의 가정에 당직 방문을 해야 할 경우에 특히 그렇다. 이 모든 시나리오가 때로는 위협적이고 불확실하게 다가올 수 있다. 비록 우리가 상황과 사람을 다룰 수 있게 잘 훈련되어 있다고 해도 때로는 현장에서 어떠한 시도가 무의미하거나 불가항력적일 경우도 있다. 안전하지 않다고 여겨지는 곳이라면 들어가거나 거기에 오랫동안 머물지 않아야 한다. 이런 이유로 우리는 간호를 끝내기 전에 그 집을 떠나야 하는 경우도 종종 있다.

그런 예는 많다. 어느 환자의 가족 중에 불안정한 심리 상태에 있는 딸이 있었다. 그녀는 전직 시카고 경찰이었는데 총을 갖고 있었다. 환자나 환자 가족이 약물 중독자인데 우리가 방문할 때에 약물에 취해 있는 경우도 있었다. 집에 커다랗고 사나운 개가 있을 때나 다른 여러 잠재적 위험이 도사린 경우도 있었다. 폭력적인 가족이 있어 환자 집을 방문할 때마다 경찰과 동행해야 했던 일도 있었다. 가정 방문 시 우리 직원의 안전을 평가할 때 중요한 역할을 하는 것은 경험과 신중한 판단이다.

어느 특별한 아침, 간호대학 학생이 사무실에서 나를 기다리고 있었다. 몇 주 동안 나와 함께 일하면서 간호학 교육 과정에 있는 방문간호와 호스피스를 실습하기 위해서였다. 첫날 가정 방문에 나서기 전에 한 시간 정도 사무실에서 호스피스 철학을 설명하고 그날 방문할 환자에 대한 정보를 나눌 계획이었다. 하지만 사무실에 도착하자마자 환자가 임종을 맞았다는 소식을 들어 그곳에 가보아야 했다. 서류를 보니 주요 간병자가 환자의 아들인데, 정신이 온전하지 않다고 되어 있었다. 나는 직감적으로 불안했다.

학생을 데려갈지, 아니면 이번에는 사무실에 두고 다음번 방문에 데려갈지 판단을 내려야 했다. 학생이 선택을 하도록 하는 것이 좋을 것 같았다. 학생을 아직 만나보지 못했으므로 학생의 성격이 어떤지 이런 상황에서 어떻게 느낄지 알 수 없었다. 학생이 다른 지도자의 교육을 받고 있는 면담실 문을 두드렸다. 문을 열자 앉아 있던 열두어 명의 시선이 일제히 내게로 향했다.

"린다가 누구죠?"

금발에 키가 크고 자신감 있어 보이는 학생이 웃으면서 일어나 나를 향해 걸어왔다. 나는 손을 내밀어 그녀와 악수했다. 그녀가 우리가 곧 마주할 상황에 적극적인 태도로 맞설 수 있을 것이라는 예감이 들었다. 나는 학생에게 오늘 우리가 방문할 환자의 가정에 대해 설명했다. 안전이 우려될 수 있는 상황이므로 함께 갈지 말지 선택할 수 있다고 했다. 그런데 린다는 전혀 주저함 없이 자신의 물건을 챙겨들고 말했다.

"어서 가요!"

환자의 집까지는 자동차로 얼마 걸리지 않았다. 나는 린다에게 환자가 임종했다는 전화를 받고 방문하는 호스피스 간호사의 책무가 무엇인지 급하게 설명했다. 우선은 그들에게 요구되는 방식으로 가족을 지지해야 한다. 어떤 가족은 사랑하는 이가 숨을 거둔 상황에 전혀 준비되어 있지 않고 허둥대면서 울기만 한다. 반면에 잘 준비된 가족도 있다. 이들은 차분하고 조용하게 비통해하면서 환자에 대한 모든 것을 우리에게 들려주길 원한다. 사진과 그 사람이 성취한 것들을 가져와 보여주면서 말이다. 또 어떤 가족은 시신을 데려가기 전에 가능한 한 사랑하는 사람의 손을 잡고 오랜 시간 머물길 원한다. 반면에 장의사가 얼른 와서 시신을 데려가길 원하는 가족도 있다.

어린아이들이 있는 가정에서는 그 가정의 특별한 요구를 맞춰줄 수 있는 사회복지사와 함께 가야 한다. 가족이 모두 합

심해 마지막 계획과 결정을 잘 내리기도 하지만, 장례 절차를 놓고 서로 힘겨루기를 하는 가정도 있다. 멀리 있는 가족이 올 때까지 오랜 시간 기다려야 하는 일도 생긴다. 특별한 기도와 의식을 올리기 위해 신부나 목사를 기다려야 할 때도 있다. 이런 모든 상황은 방문 가정의 사정에 따라 세심한 주의를 기울여 다루어져야 정서적으로 힘든 상황에 있는 가족 구성원 모두의 요구를 충족시킬 수 있다.

가족에게 필요한 일은 무엇이고 어떤 지원을 해주어야 할지 얼른 파악한 후에 호스피스 간호사는 환자의 활력징후를 측정한다. 심장박동과 호흡이 없는 것이 확인되면 환자의 사망을 공식적으로 선고한다. 이때 시간을 확인하고 절차를 거쳐 검시관에게 전화를 걸어 사망 사실을 보고한다. 다음으로는 장의사, 의사, 다른 호스피스 팀에 전화를 걸어야 한다. 임종 방문 시에 나는 언제나 시신을 닦고 가족이 입히길 원하는 옷을 입힌다. 환자 가족은 보통 이런 일에 감사를 표한다.

보통 그들이 선택하는 옷은 어머니가 가장 좋아하는 잠옷이나 아버지가 가장 좋아하는 면파자마다. 그러나 '우리 할머니 머리를 우아하게 한 가닥으로 땋은 프렌치 블레이드French braid 스타일로 해주세요', '남편에게 골프복을 입히고 오른손에는 퍼터putter(골프공을 홀에 밀어넣기 위해 사용하는 골프채)를 쥐어주고 바지 주머니에는 아내 사진을 넣어주세요', '숙모에게 스퀘어 댄스복(남녀 네 쌍이 마주 서서 정사각형을 이루며 추는 미국의 대표적인 포크댄스로, 그 춤을 출 때 입는 옷)을 입혀주세요, 그것이 숙모가 가장 좋아하는 옷이거든요'와 같은 특별한 요청을 받기도 한다.

내가 생각하기에, 그런 일은 모두 위엄에 관한 것이다. 누구도 젖은 기저귀나 더러운 속옷을 입은 채로, 아니면 환자복을 입고 마지막으로 자기 집을 떠나서는 안 되지 않겠는가. 나는 그들의 영혼이 내 도움 없이도 반짝거리고 아름다운 채로 신을 만날 것을 알고 있지만, 그들이 떠날 때 그들을 담고 있던 옷이 말끔해야 한다고 여긴다.

보통은 장의사가 도착하길 기다리는 동안 간호사는 환자가 쓰던 약을 약품 수거통이나 커피 분쇄기에 넣어 파쇄한다. 이어서 장의사가 도착하면 시신을 이동침대로 옮기는 것을 돕

고 가족에게 위로의 말을 전한다. 사랑하는 사람이 마지막으로 집을 떠나는 이 순간이 가족에게는 매우 어렵고 때로는 상처를 남기는 시간이 되기 때문이다. 특히 어린아이가 죽었을 때는 더욱 그렇다.

가정 방문에 앞서 준비가 될 수 있게 린다에게 가능한 한 여러 가지 정보를 주었다. 린다는 전에 죽은 사람을 보거나 만져본 적이 없다고 말했다. 오늘 처음으로 겪게 될 일에 약간의 두려움을 느낀다고도 고백했다. 나는 린다에게 집 안으로 들어간 후에라도 마음이 불편하면 말을 하라고 했다. 필요한 경우에는 차에서 나를 기다려도 된다고 말했다.

우리는 관목들이 웃자라 있고 신문지가 여기저기 널려 있으며 금방이라도 무너질 것 같은 집으로 들어갔다. 따뜻한 6월의 날씨에도 모든 문과 창문은 굳게 닫혀 있었다. 문을 두드리자 낡고 허름한 현관문에 매달린 종이 울렸다. 잠시 후에 키가 큰 남자가 나와 천천히 문을 열어주었다. 남자는 단정치 못한 모습이었다. 내가 부드럽게 말했다.

"토머스죠? 저는 호스피스에서 나온 재닛입니다. 이 사람은 린다예요. 당신의 어머니가 방금 돌아가셨다고 들었습니다."

그가 아무 말도 하지 않고 선뜻 뒤로 물러서 우리가 집 안으로 들어갈 수 있게 해주었다.

좁은 현관에서 왼쪽으로는 식당과 주방이 보였고 오른쪽으로는 거실과 복도가 보였다. 시간은 오전 9시가 다 되어갔지만, 집 안은 동굴처럼 어두웠다. 창문마다 블라인드가 내려져 있고 어두운 색깔의 커튼이 모든 빛을 완벽하게 차단하고 있어 집 안 구석구석이 그림자로 채워져 있었다. 압도적인 실내의 어둠에 내 눈이 잘 적응되지 않았다. 토머스가 알아듣기 힘든 말로 오른쪽 복도를 가리키며 말했다.

"우리 엄마는 저기 있어요."

그런 다음 그가 어두컴컴한 부엌으로 향하면서 말했다.

"저는 저기에 있을게요."

토머스가 휘적휘적 사라졌고 린다와 나는 거실을 향해 걸음을 옮겼다. 어둠 속에서 건너편 벽에 기대어진 어두운 색깔의 소파가 보였다. 소파 앞에 신발이 신겨진 두 다리가 보였다. 순간 '어머나, 세상에, 소파에 앉은 채로 숨을 거두었군'

하는 생각이 들었다. 그러나 린다와 내가 더 가까이 다가가 보니 다리에 아무것에도 붙어 있지 않았다. 거기에는 시신이 없었다. 그냥 다리만 있었다. '도끼 살인마'의 이미지가 떠올랐는가? 고백하건대 사실 그랬다.

그러나 더 자세히 살펴보니 그것은 소파에 기대어 놓은 보철 다리였다. 린다의 얼굴을 보고 큰소리로 웃음을 터트릴 뻔했다. 린다도 나와 같은 착각을 한 것으로 보였다.

"이 환자는 두 다리를 절제했어, 린다. 그것은 그녀의 보철 다리야."

내가 속삭이자 린다의 얼굴에 안도감이 퍼졌다. 방의 오른쪽 끝에 병원침대가 있었고 거기에 헤이즐의 시신이 있었다. 늙고 쪼그라진 그녀의 몸은 요정 같았지만, 그녀의 다리가 무릎에서 끝난 것이 그녀를 더욱 작게 만들고 동화 속 난쟁이처럼 보이게 만들었다. 나는 린다의 심리 상태가 편안한지 보기 위해 그녀의 얼굴을 살폈다. 다행히도 린다는 편안해 보였다. 린다가 몸을 숙여 헤이즐의 손과 얼굴을 만졌다. 그런 다음 놀라움을 담은 눈으로 나를 바라보며 말했다.

297

"어머나, 전혀 무섭지 않아요. 우리가 죽고 나면, 우리 몸은 우리가 뒤에 남기는 '지구인의 옷'과도 같은 것인가 봐요. 우리 영혼이 지퍼를 연 다음 홀홀 벗어버리고 떠난 것처럼요."

나는 린다의 매우 시詩적인 말을 생각해보면서 둘이 함께 헤이즐의 옷을 벗기고 몸을 씻겨주었다. 내가 요청한 대로 토머스가 깨끗한 옷과 속옷을 가져왔다. 린다와 나는 헤이즐에게 마지막으로 집을 떠날 때 가져야 할 마땅한 위엄을 갖추어주었다.

우리가 헤이즐을 장례식장으로 보낼 채비를 마쳤을 때 토머스는 우리와 함께 앉아서 이야기를 나누자고 했다. 나는 그가 자기 어머니의 죽음에 대처할 능력이 있고 어머니의 장례식을 치를 준비가 되었는지 그의 정서 상태를 알아보고자 했다. 토머스는 낯선 사람과 자기의 속마음을 나눌 준비는 되어 있지 않았지만, 우리에게 필요한 정보는 나누어주었다. 나는 딱딱한 나무 의자에 앉았고 린다는 토머스와 나란히 소파에 앉았다. 나는 토머스에게 질문을 하면서 그가 어떻게 대답하는지 살피느라 그의 얼굴을 올려다보았다.

그런데 어둑한 방에서 그의 뒤로 무언가가 빠르게 움직이는 것이 보였다. 그것은 소파 여기서 움직이고 금방 또 저기로 튀었다. 말 그대로 수십 마리의 바퀴벌레가 토머스와 린다가 앉아 있는 소파 한가운데서 들락날락거렸다. 토머스는 태연했고 린다는 지금 무슨 일이 벌어지고 있는지 전혀 몰랐다. 나는 바닥에 내려놓았던 가방과 서류철을 집어 들고 의자 아래가로 지지대로 발을 들어올렸다. 내가 말했다.

"린다, 노트와 가방을 들고 와서 여기 내 옆에 앉아요."

린다가 미소를 지은 채 바퀴벌레가 득실거리는 소파에 기대앉으며 말했다.

"저는 괜찮아요. 여기가 편한 걸요."

나는 큰 목소리로 좀더 강압적인 어조로 다시 말했다.

"린다, 얼른 여기로 와서 앉아요. 여기 내 옆에요. 내가 하는 일을 지켜봐야 해요."

린다는 내키지 않는다는 듯 내 옆에 놓인 나무 의자로 자리를 옮겼다. 린다가 영문을 알 수 없다는 듯 나를 바라보았다. 린다는 여전히 왜 내가 내 옆으로 와서 앉으라고 고집을 부렸는지 이해하지 못했다. 잠시 후에 장의사가 도착했고 헤이즐의 시신은 집 밖으로 옮겨졌다. 나는 토머스에게 도와줄 일이 있는지 살펴보기 위해 사회복지사가 곧 올 것이라고 말해주었다. 그가 고개를 끄덕였다.

린다와 나는 현관에서 토머스에게 작별 인사를 한 다음 차로 들어갔다. 차가 모퉁이를 돌아 토머스가 보이지 않자 린다에게 말했다.

"어서 차 밖으로 나가요!"

내가 차에서 뛰쳐나가는 것을 린다는 어리둥절해하면서 바라보았다. 나는 신발을 벗고 내 가방을 잔디 위에 모두 뒤집어 쏟았다. 그때 내 머릿속을 차지한 생각은 바퀴벌레 한 마리를 집 안으로 끌고 들어오면 바퀴벌레 수백 마리를 끌고 들어오는 것이나 마찬가지라는 것뿐이었다. 내가 이유를 설명하자 린다도 소리를 지르면서 차에서 뛰쳐나와 나와 똑같이 날뛰었다. 그날 두 간호사가 소리를 지르며 이리 뛰고 저리 뛰는 모습을 보면서 동네 사람들이 무슨 생각을 했을지 궁금하다.

린다와 나는 그날 남은 시간 동안 정해진 호스피스 방문을 모두 마쳤다. 린다는 즐겁게 배웠고 나와 함께 유익한 시간을 보냈다. 그러나 그 첫 번째 방문에서 당한 시련이 린다의 기억 속에 아주 오래도록 남을 것은 분명했다.

"제 남편을 드리고 싶어요"

　　나는 말기 난소암으로 진단 받고 호스피스에 등록된 새 환자를 간호하게 되었다. 그녀는 아프가니스탄에서 온 기혼 여자로 당시 나와 같은 나이인 쉰두 살이었고 대학에 다니는 두 아들이 있었다. 처음 방문한 날 현관문을 노크하자 현관문이 열리며 작고 까만 피부의 아름다운 여인이 나타났다. 얼굴에는 수줍은 미소를 띠고 다소곳한 몸짓으로 나를 맞아주었다. 내 소개를 하자 그녀는 정중하게 내 손을 붙들며 말했다.

"저를 파티마라고 부르는 사람은 아무도 없어요. 솔리라고 불러주세요."

내가 방문할 때마다 솔리는 혼자였다. 첫 방문에서 이루어져야 하는 간호와 의료적인 일을 모두 마치자 솔리는 내 삶에 대해 알고 싶어 했다. 보통 나는 환자에게 내 사생활에 관한 이야기는 하지 않았다. 내가 엄격하게 지키고 있는 '이 일은 저에 관한 것이 아니에요'란 신조 때문이었다. 그러나 솔리는 내 이야기를 들려달라고 부드럽게 재촉했다.

나는 내가 이혼했고, 약혼한 사람이 있어 곧 결혼할 것이며, 성인이 된 자식이 셋이나 있다고 말해주었다. 이어서 솔리는 내게 자신의 평생의 사랑이었던 남편과 자신이 매우 자랑스럽게 여기는 두 아들 이야기를 했다. 시간이 지나면서 우리는 결혼과 어머니 역할에 대해서 많은 이야기를 나누었고 대화는 거의 솔리가 주도했다.

솔리를 돌보기 시작한 지 한참이 지난 어느 날 솔리의 집 자동차 진입로에 차 몇 대가 서 있었다. 전에는 없던 일이었다. 현관으로 들어서자 솔리의 아들들과 남편 비잔이 거실에

꼿꼿하고 점잖게 앉아 있었다. 모두 와이셔츠에 넥타이를 매고 어디 격식을 차려야 할 자리라도 가려는 차림새였다. 그날 방문 내내 비잔은 특히나 더 곰살맞게 굴었다. 방으로 과자를 담은 접시와 차를 내오고 무슨 도울 일이 없는지 내 옆에 서서 대기했다. 아들들은 무슨 이야긴지를 나누었는데 나는 무슨 일인지 궁금했다. 아프가니스탄 관습인가?

한겨울이었고 나는 집 안에 진흙과 눈을 묻혀 들이지 않기 위해 현관에서 신발을 벗었다. 방문을 끝내고 집을 나서면서 신발을 다시 신으려고 보니 신발이 깨끗하게 닦여 있었다. 아니, 정확하게는 신발이 구석구석 반짝거렸다. 내가 무엇을 잘못 보았나 싶었다.

다음 번 방문 때는 아들들은 보이지 않았고 비잔이 현관에서 나를 맞아주었다. 내가 방문을 마치고 신발을 신을 때 이번에는 신발만 반짝거리는 것이 아니라 신발 안에 반짝이는 사과와 오렌지가 들어 있었다. 이게 다 뭐지?

그즈음엔 내가 방문할 때마다 비잔이 집에 있었다는 것이 생각났다. 솔리의 병세가 악화되어 비잔이 집에 있는 시간이 많아진 것인가? 그러나 다음에 방문을 끝내고 집을 나설 때는 신발만 반짝이는 것이 아니라 신발 옆에 신선한 과일 바구니가 놓여 있었다. 집을 나올 때 비잔은 내가 미끄러운 길에 넘어질까봐 내 팔을 끼고 차 있는 곳까지 바래다주었다. 나는 이런 특이한 관심에 마음이 좀 불편해지기 시작해서 다음 방문 때에 솔리와 이 문제를 이야기해보기로 마음먹었다.

다시 방문한 날 일을 마치고 나자 나는 내 신발이 닦여 있었던 일이며 과일 바구니가 놓여 있고 비잔이 내게 보인 관심에 대해 이야기했다. 나는 궁금했다. 솔리가 내게 포장된 선물 두 개를 건넸다. 내가 놀라서 눈을 치켜뜨며 물었다.

"솔리, 이게 뭐죠?"

솔리가 말했다.

"자매님, 이것은 제가 자매님에게 주는 선물이에요. 어서 열어보세요."

첫 번째 선물은 작은 도자기로 만든 오두막이었다. 지붕은 벗겨져 있었다. 솔리는 그것이 차를 보관하는 용기用器라고 했다. 지난 몇 개월 동안 우리는 함께 차를 많이 마셨으므로 솔리는 그것이 내게 좋은 선물이 될 것을 알았을 것이다. 두 번째 선물은 향수병이었다. 나는 병에 붙어 있는 향의 이름을 알아보았다. 그것은 '비잔bijan'이었다. 솔리가 수줍게 웃으며 말했다.

"이것은 제가 가장 좋아하는 향이에요."

나는 호스피스 일을 하면서 환자들에게서 작은 선물을 많이 받았다. 그러나 이런 것은 없었다. 마음이 불안하고 심장이 내려앉았다. 나는 솔리에게 감사하면서도 그것이 모두 어떤 의미인지 궁금했다. 내 의문은 곧 풀렸다. 다음번에 방문했을 때 솔리는 침대에서 나올 수 없을 만큼 상태가 나쁘고 불안정했다. 솔리는 내 손을 꼭 잡고 나를 다시 '자매님'이라고 불렀다. 이제 그녀의 목소리는 거의 들리지도 않았다. 그녀에게 시간이 얼마 남지 않은 것이 분명했다. 그녀가 말했다.

"자매님, 저는 당신에게 제 남편을 드리고 싶어요."

나는 저항했지만 그녀는 희미한 목소리로 말을 계속했다.

"저도 당신이 약혼한 상태라는 것을 알아요. 그러나 비잔은 좋은 남자예요. 남편과 저는 이미 마음을 정했어요. 저는 그에게 당신을 골랐다고 말했어요."

나는 자신에게 가장 소중하고 귀한 것을 선물한 이 여인에게 위안과 평화를 줄 말을 찾기 위해 애썼다. 그러나 그녀에게 거짓말을 할 수는 없었다.

"솔리, 자매님, 저는 비잔과 결혼할 수 없어요. 하지만 당신이 떠난 후에 그가 잘 지낼 수 있게 보살필게요. 약속해요."

솔리는 실망한 것으로 보였지만, 고개를 끄덕이며 희미하게 미소를 지어 보였다.

다음 날 솔리는 세상을 떠났다. 임종 순간 그녀는 평화로워 보였고, 나는 그녀가 내 결정을 받아들였다고 느꼈다. 나는 약속한 대로 비잔과 아들들이 힘든 시간을 보내는 몇 개월 동안 사별한 가족을 도와주는 자원봉사자들에게 그들을 돕게 해주었다.

비잔은 몇 개월 후에 솔리의 계획이 아직 실현 가능성이 있는지 한 번 더 알아보고자 했다. 그가 내 자녀들과 그의 아들들과 함께 나를 저녁 식사에 초대한 것이다. 나는 내 '자매'가 이해할 것을 알았으므로 그 제안을 정중하게 사양했다.

그들이
남긴 말들

　　　호스피스 간호사로 일하는 동안 나는 환
자들에게서 몹시 재미있는 말과 생각을 많이 들었다. 그것은
이 세상에서 몸을 벗어던질 준비를 한 환자들과 대화하면서
얻은 진주알 같은 지혜의 말들이었다.

　　　나는 백 살 먹은 환자와 2인용 소파에 앉아 그의 혈압을 재고
있었다.

　　"존스, 오늘 혈압이 좀 높네요."

"(얼굴을 붉히면서) 그건 내 손이 당신 무릎에 있기 때문이에요."

나는 환자의 통증 정도를 알아보고 있었다.
"엘시, 통증이 있나요?"
"뭐, 아플 때는 통증이 있죠."

한 할머니 환자가 자기가 묻힐 때 작은 시계를 몸에 지니고 있었으면 한다고 말했다.
"왜 시계를 갖고 있어야 한다는 거예요, 에셀?"
"그래야 내가 죽었다는 사실에 익숙해질 때까지 들고 있을 게 있죠."

가끔씩 환자들은 우리가 죽음에 관한 전문가이기 때문에 천국에 관한 전문가이기도 할 것이라고 짐작한다. 그것은 내가 환자와 죽음에 대해 이야기를 나눌 때 나온 순진무구한 질문들이다.

"천국에 도착하려면 몇 광년이나 걸리는지 아세요?"

"나는 예전처럼 강하지 않아요. 내 날개 무게는 얼마나 나갈까요?"

"천국에서는 우리가 원하는 아무 색깔 옷이나 입을 수 있나요? 나는 흰색이 어울리지 않거든요."

가끔씩은 느닷없는 질문을 던지기도 한다.

"호스피스 일을 하려면 치러야 할 특별한 시험이 있나요?"

"간호사 면허 시험 같은 거 말씀하는 거예요?"

"아니요, '착한 사람 시험' 같은 거요."

이른 아침 색깔이 있는 가운을 입고 환자 집을 방문했을 때 환자가 놀란 눈으로 나를 쳐다보면서 물었다.

"왜 잠옷을 입고 왔어요? 늦잠 잤어요?"

내가 약하고 지친 백 살 넘은 환자에게 어떻게 이렇게 오래 장수하게 되었느냐고 묻자 환자가 대답했다.

"나도 몰라요.……그렇지만, 장수는 하지 마세요."

한 노인은 건강에 몇 가지 문제가 생긴 후에 나를 바라보면서 침울하게 말했다.

"내가 좀 아는데요, 늙어간다는 건 겁쟁이들에게는 힘든 일이에요."

내 환자 중 어떤 사람은 자기 소망이라고 미리 지시한 사항 중에는 '한 손에는 텔레비전 리모컨을 들고, 한 손에는 엘비스 프레슬리 사진을 들고, 분홍색 잠옷을 입고 깨어나기'가 들어 있었다.

때로는 그 상황이 우습지, 말 자체가 우스운 것은 아니다.

나는 어느 환자의 딸들에게 물을 마실 수 없게 된 아버지의 입 안에 구강 면봉을 이용해 습기를 묻혀주라고 일러주었다. 며칠 후에 나는 딸들이 내 말대로 하기 위해 아버지 입안에 위스키인 잭 다니엘스를 묻혀준 것을 알았다.

나는 아내의 화장을 준비 중인 남자를 돕고 있었다. 우리는 화장한 시신의 재를 담을 항아리에 대해 상의하고 있었다. 대화를 하고 있는 내내 내가 몇 번씩이나 그의 말을 고쳐주었는데도, 그는 계속해서 유골을 담는 항아리urn를 요강urinal이라고 말했다.

"화장한 후에 아내를 요강에 담아오는 데 며칠이나 걸리나요?"

한 환자와 그녀의 가족은 바쁘고 일이 많은 나를 위로해주길 원했다. 그 집에 도착했을 때 나는 깜짝 놀랐다. 환자는 간병인 옷을 입고, 간병인은 환자 옷을 입고 있었다. 또 환자의 딸은 의사 복장을 하고 있었다. 줄무늬 타이를 매고 파란색 가운을 입고 차트까지 들고서 말이다.

코미디언이 꿈이었던 임종을 앞둔 한 환자는 기회만 있으면 우리 대화에 '죽은dead'이란 단어를 끼워 넣었다. 그는 그 단어에 전문가가 되었다. 내가 방에서 소리를 내면 그는 말했다.

"당신은 죽은 자the dead를 깨울 거요."

내가 자기와 다른 의견을 말하면 그는 말했다.

"당신은 죽게 틀렸어요dead wrong."

내가 그의 집을 나설 때는 이렇게 말했다.

"문고리를 죽도록 돌려 여는 것deadbolt을 잊지 말아요."

자기 간호 계획에 마음에 들지 않는 것이 있으면, 그는 우리가 이 문제에서 죽을 지경에 이르렀다고deadlocked 말했다. 그는 오랫동안 병을 앓아 생활에 제약받는 것이 많았고 몹시 지쳐 있어 마침내 그날이 오면 자기가 '감사하는 죽은 자Grateful Dead'가 될 것이라고 말했다.

사랑하고
용서하고
기뻐하라

내가 임종 환자를 위해 지속적으로 일하기로 선택한 것은 순전히 이기적인 동기에서였다. 내가 만나는 사람들과 내가 하는 일이 주는 통찰력이 아니었더라면 감추어져 있었거나 알 수 없었던 나 자신에 대한 성찰을 말하는 것이다. 나는 아주 오래전 호스피스 간호에 입문한 이래로 배운 것들이 놀랍기만 하다.

내가 호스피스에서 만나는 환자들에게는 거의 내일은 오지 않는다. 이들에게 내려진 진단은 진정 종신형이고, 이들은

'내게 남은 시간은 얼마나 될까요?', '나는 어느 날 죽게 될까요'라고 물을 수밖에 없다. 우리 대부분에게는 필요도 없거니와 원치도 않는 질문들이다.

시한부 삶을 사는 환자를 간호하면서 나는 내 삶을 달리 살 수 있는 기회를 얻었다. 이런 기회는 이 길이 아니었으면 얻지 못했을 것이다. 영화 〈멋진 인생It's a Wonderful Life〉(1946년)에서 조지 베일리는 그가 태어나지 않았더라면, 그의 삶이 다른 사람들의 삶과 엮이지 않았더라면, 많은 사람의 삶이 어떻게 달라졌을지 엿볼 수 있는 기회를 얻는다. 그것으로 그는 다른 사람은 알 수 없는 것을 알게 된다. 아무리 작은 일이라도, 어떻게 그의 말과 행동이 물결처럼 퍼져나가 많은 사람의 인생에 영향을 미치는지 알게 된 것이다. 이런 깨달음으로 그는 자기가 계획했던 대로 자기 삶을 물에 빠져 죽는 것으로 끝내지 않기로 결심했다. 그 경험 중에 깨달은 통찰이 그로 하여금 그저 '살자'가 아니라 '잘 살자'고 결심하게 만든 것이다.

나도 죽음을 앞둔 사람들과 일하면서, 생명의 끈이란 것이 얼마나 허약하고 유한한지 직접 지켜보면서 그와 비슷한 기회를 얻었다고 느낀다. 물론 나도 다른 사람들처럼 조바심, 두려움, 분노, 실망과 같은 일상적인 괴로움에 흔들린다. 그러나 나는 언제나 오늘을 내 삶의 마지막 날인 것처럼 사는 것이 가장 좋은 선택임을 안다. 용서하고 행복하게 살면서, 자애롭고 즐겁게 살면서, 내게 주어지는 매일에 감사하는 것이 좋다.

호스피스 일은 내 삶에 빛을 불러들였다. 인생의 구석구석에 숨어 있는 그림자에 빛을 비추어 좀더 긍정적인 것으로 바꿀 선택권이 내게 있음을 알게 해주었다. 내가 하는 일이 임종 환자를 돌보는 일이지만, 그것은 나 자신을 돌보는 일이기도 했고, 나는 이런 두 가지 기회를 모두 받은 것에 신께 감사한다.

그렇다면 임종 환자가 주변 사람들에게 가르쳐주는 것은 무엇인가? 사랑하고 사랑받는 방법이며, 용서하고 용서받는 방법이며, 기쁨을 찾고 그 기쁨을 주변 사람들에게 전파하는 방법이다. 그들은 우리에게 그 시간을 어떻게 소중하고 귀중하게 보낼 수 있는지도 가르쳐준다. 그래서 온전히 육체와 정신이 하나가 되어 평화롭게 천국에 갈 수 있는 방법을 가르쳐준다.

　아마도 모든 사람의 죽음은 다른 사람이 '잘 사는' 방법을 가르쳐주려는 것일지도 모르겠다. 확신할 수는 없더라도 내가 지켜본 바로는 삶에서 가장 좋은 것은 실제로 죽는 것일 수도 있을 것 같다.

세상과
이별하기 전에 하는
마지막 말들

ⓒ 재닛 웨어, 2017

초판 1쇄 2017년 7월 26일 찍음
초판 1쇄 2017년 8월 2일 펴냄

지은이 | 재닛 웨어
옮긴이 | 유자화
펴낸이 | 강준우
기획 · 편집 | 박상문, 박효주, 김예진, 김환표
디자인 | 최진영, 최원영
마케팅 | 이태준
관리 | 최수향
인쇄 · 제본 | 대정인쇄공사

펴낸곳 | 인물과사상사
출판등록 | 제17-204호 1998년 3월 11일

주소 | (121-839) 서울시 마포구 서교동 392-4 삼양E&R빌딩 2층
전화 | 02-325-6364
팩스 | 02-474-1413
www.inmul.co.kr | insa@inmul.co.kr

ISBN 978-89-5906-451-9 03840
값 14,000원

이 저작물의 내용을 쓰고자 할 때는 저작자와 인물과사상사의 허락을 받아야 합니다.
파손된 책은 바꾸어 드립니다.

이 도서의 국립중앙도서관 출판시도서목록(CIP)은 서지정보유통지원시스템 홈페이지
(http://seoji.nl.go.kr)와 국가자료공동목록시스템http://www.nl.go.kr/kolisnet)에서
이용하실 수 있습니다. (CIP제어번호: CIP2017017233)